痴漢されそうになっている
S級美少女を助けたら
隣の席の幼馴染だった7
ケンノジ
Illustration フライ

痴漢されそうになっている S級美少女を助けたら 隣の席の幼馴染だった７

ケンノジ

GA文庫

カバー・口絵　本文イラスト
フライ

①　映画の完成と打ち上げ

体育祭が終わり、大きなイベントで残すものは学祭のみとなった。

学校全体が学祭準備に入る中、うちのクラスはその準備の大半を終えていた。

お化け屋敷だのコンセプトカフェだのと他クラスの話が聞こえてくるようになる頃には、クラスメイト全員で制作に参加した自主映画がようやく完成を迎えたのだ。

そして、はじめての試写会をクラスで行おうとしていた。

「い、いよいよだね……」

隣の席にいる伏見《ふしみ》がゴクリ、と喉《のど》を鳴らした。

俺《おれ》の幼馴染の伏見は、この映画の主演であり、学祭で各学級の展示物を自主映画にしようと企画した張本人でもある。

カーテンが閉められていき、教室内が薄暗くなっていった。

整った顔立ちは、今は緊張のせいかしかめ面に変わっている。主演で企画者。みんなの反応が悪ければ、たぶんこいつは責任を感じてしまうだろう。

「面白《おもしろ》いよね、きっと」

「わからん……」

俺も正直自信はない。

前に伏見を主演にした俺の自主映画は、伏見パワーもあったせいか特別賞をもらえたけど、これも成功すると思うほどの自信はない。

「そこは、大丈夫って言ってくれなきゃ」

ぺしぺし、と伏見が抗議をしてくる。

「仕方ないだろ。俺は俺にできることをしているけど、みんながそれを面白いと思うかは別だし」

「そうだけど～」

不満げな伏見は、俺の制服の腕部分をつまんだまま離さない。

なんかめちゃくちゃ不安そうでもあった。

「いいじゃないですか。学祭の高校生が撮った自主映画です。つまらなくて当然です」

反対側の隣の席にいるヒメジがさらりと言った。

ヒメジこと姫嶋藍《ひめじまあい》。俺のもう一人の幼馴染で、元々はマイナーなアイドルだったが、今はアイドル活動を辞めてミュージカルの舞台に挑戦している。俺がバイトをしている芸能事務所の所属タレントでもある。

伏見とはまた違ったタイプの美少女で、経歴からくる自信が過剰なのが玉に瑕《きず》だったりする。

「みなさん、そこまで期待してないでしょう」

「おまえな」

「藍ちゃん……友達いないでしょ？」

伏見がさっそく半目で発言を咎《とが》めている。

「はい？　いますけど？」

逆ギレ気味にヒメジは伏見に食ってかかった。

今のはヒメジ、おまえが悪いぞ。

「私は、ハードルはさほど高くないと言いたかったんです。ま、私が出ているのでつまらないなんてないと思いますが」

「自信がエゲつねぇ……」

「わたしもその一〇％でいいから分けてほしいよ」

担任のワカちゃんがプロジェクターの準備をしていく。すでにデータを渡しているのでノートPCでそれを再生するだけだ。

まだ教室内はざわざわしている。

みんな、自分がどのシーンに出たか覚えているらしく、そのときの撮影の出来事や映画内でのモブっぷりを冗談めかして話している。

伏見が当初提案したように、みんなが何かしら出演した。

そわそわしているのは、俺や伏見だけじゃないらしい。

鳥越《とりごえ》はどうしてるんだろう。

そっと後方の席を振り返ると、司令官ポーズで険しい表情をしていた。ちょっと違うのは、組んでいる手が祈るようにぎゅっと握り合っていることだった。

鳥越も緊張しているらしい。

鳥越はこの自主映画の脚本担当で、セリフの内容や物語の流れなどの構成も考えてくれた。元々は俺と大して言葉を交わさない昼休みだけの友達だった。気を遣わないでいられる数少ないクラスメイトの一人だ。伏見とは親友と言えるほど仲が良い。

ワカちゃんがプロジェクターに映し出されたＰＣのトップ画面からフォルダを選んでクリックをしていく。

「高森《たかもり》、このファイルでいいの？」

「はい。それです」

「よーし、じゃ再生するぞ」

そう宣言すると、ざわついていた教室が静まり返り、カチカチ、とマウスのクリック音がやけに大きく聞こえた。

俺は何度も何度も繰り返し見た冒頭が流れる。

主人公の伏見と作中には登場しない主人公が好きな男子との関係。そしてライバルでもあるヒメジの登場。

……見慣れているとはいえ、後半のヒメジと序盤のヒメジは、演技のレベルが全然違う。

最初のヒメジのセリフは、ほぼ棒読み。夏休み中に、ミュージカルのオーディションがあって演技について色々と勉強したり慣れてきたりしたおかげで、ようやくまぁまぁなレベルになっていた。

だから序盤と終盤でヒメジの中の人が違うのかってくらい演技は別物だったりする。

「～～～～っ」

ヒメジが顔を真っ赤《まっか》にしていた。恥ずかしいよな、そりゃ。今のヒメジがどれくらい上手《うま》くなったのかわからないけど、最初の頃は本当にひどかったから。

「藍ちゃん、ドンマイ」

「煽るなって」

さっそく茶化す伏見に俺は釘を刺す。

伏見が嬉《うれ》しそうにニマニマしていた。ヒメジに対して伏見は本当に遠慮がないな。それはヒメジもそうなんだけど。

モブ役だったり、ひと言だけのセリフがあったり、とクラスメイトからくすっと笑いが起きるシーンもいくつかあった。

そういうのを差し引けば、みんな思った以上に真剣に見てくれていた。

三〇分少々の上映時間が終わると、ワカちゃんが拍手をする。それが呼び水になり、クラス中で拍手が鳴らされた。

「はい。これで以上なわけだけど、どうだった？」

ワカちゃんが前に出てプロジェクターをしまいながら、誰《だれ》にともなく尋ねる。

俺、伏見、ヒメジに緊張が走った。

「面白いんじゃね？」

誰か一人が言うと口々に感想は話した。

「うん、思ってたより、よく出来てた」

「短いし見やすかった」

「ヒナちゃん演技上手！」

ちらりと隣を見ると伏見がホクホク顔をしていた。

反対に、ヒメジは名前が一切《いっさい》上がらず不満げに眉根《まゆね》を寄せていた。

他にも何人かが感想を言っていたけど、概ね好評だった。

「先生は、どうでしたか？」

ひとしきりみんなが言い終わったあたりで、俺はワカちゃんに訊いた。

「みんなが自主的に協力して、クラス一丸って感じになってて、ちょっと感動した」

担任目線での感想だった。訊いているのはそういうことじゃないんだけどな。まあいいか。

残った時間で当日のシフトだったり、映画館仕様にどうやってするかの話し合いをして放課後を迎えた。

「たかやん、たかやん、マジでめっちゃ良かったよ」

このクラスで唯一の男友達ともいえる出口《でぐち》が、帰り支度を整えると俺の席まで来て言った。

「ありがとう。みんな思ってたよりも感触良くて安心した」

「みんな台本知ってるからある程度想像できてたと思うけど、あんな感じになるんだなって、オレちょっと感動したわ」

「ストレートに褒められると反応に困るな」

「受賞監督は違いますなぁ」

うぃー、と出口が冗談めかして肩を小突いてくる。

「私の席の周りもそんな感じだったよ」

鳥越も会話に加わってきた。

「自分が出てる、自分が用意したっていうのがあるから、自分たちの映画って気持ちなんだと思う」

そう簡単に客観的には観られない、か。

ちなみに、最初に見せたのは妹の茉菜《まな》だった。

「茉菜は、『青春恋愛ものって感じ。でも、なんか普通のそれとはちょっと違うね?』って言ってた。たぶん、鳥越の個性というかクセみたいなものが上手く作用してるんじゃないの？」

「どうかな」

目をそらしながら言う鳥越は、どこか照れくさそうだった。俺が主導した自主映画は、俺のやりたいことがメインだけど、学祭映画に関して言うと、鳥越がメインで考えている。そのへんの差に茉菜は気づいたらしい。

「みんな嬉しそうで良かったよ。わたし、映画企画して良かった」

褒められっぱなしの伏見は満足そうだったけど、ヒメジは相変わらず納得いってなさそうだった。

「諒《りょう》、私、可愛《かわい》いですよね……？」

「なんだよ、いきなり」

「そういった感想がひと言も聞こえてこないのはどうしてですか？」

「俺に言うなよ」

「監督なら、主演も助演も立てるのが当たり前だと思います」

「ビジュアルよりも先に棒読みのセリフが気になったんだろ、みんな。ヒメジはキャラ的にそれがイジりにくいっていうか」

俺が核心を突くと、ヒメジは苦そうな顔をする。

「いっ……、今はそんなことはないのですが」

「今はな。けど、当初はあんな感じだった」

「撮り直したいのですが」

「もう無理だって」

「ヒメジちゃんは、ちゃんと可愛いよ」

「静香《しずか》さん……！」

そもそもの質問に鳥越が答えると、ヒメジは救いの神を見つけたような眼差《まなざ》しをする。

「自信満々で何やっても完璧《かんぺき》そうなのに、演技ド下手っていうのはポンコツ感があって、すごく可愛い」

「そういうのは求めてません！　誰がポンコツですか。あと、今はもう上手ですから」

鳥越がついにヒメジにまで毒を吐くようになっていた。

……なんか仲良くなったな、この二人。

「映画完成の打ち上げやろうぜ」

出口の発案に、俺たちは全員賛成した。

さっそく出口が映画連絡用のトークルームにそのことを発信すると、一斉に色んな人が反応した。

どんどん流れていくトークルームの会話を追っていく。打ち上げの案がいくつか絞られていき、最終的に週末にカラオケに行くことになった。

「藍ちゃんは行けそう？」

「ええ。その日は予定がないので大丈夫です」

「良かった。みんな行けたらいいんだけどね」

部活があったりバイトがあったりで遅れたり途中で帰ったりするメンバーもいるが、半数ほどが参加することになった。

「カラオケ……」

鳥越が無の顔をしている。

「わかる。俺も、ちょっとな……」

ちら、と鳥越がビー玉みたいな感情ゼロの目でこっちを見てくるので、小さく同意した。

とはいえ、大勢で集まるとなると、カラオケが妥当だろう。ファミレスとかだとうるさくして周りに迷惑をかけるだろうし。

「歌わないとダメ？」

「鳥越氏は、下手っぴでも一生懸命に歌っているだけでいいんだよ」

不安げな鳥越に、出口が力説をする。

まあ、言わんとしていることはわかる。なんとなく、鳥越は下手でも株を下げないというか。

「俺も歌わなくていい？」

「たかやんは無理」

「なんでだよ」

「カントクだからな。たかやん歌ったら盛り上がるぞ、たぶん」

「そんなことねえから」

以前、伏見と他数人でカラオケに行ったときのことが思い出される。選曲ミスって誰かに裏で笑われやしないだろうか。

「諒はこんなこと言っていますけど、それなりに歌えますよ」

と、ヒメジ。

「うん。諒くんは恥ずかしがり屋さんなだけだよ」

続けて伏見が解説をする。

ヒメジと一回カラオケに行ったとき、それなりの評価をもらったことを思い出した。

「美少女二人のお墨付きなら大丈夫だな。それでも嫌なら……オレと一緒に歌うか」

芝居がかった顔をする出口は、親指で自分を指差す。すぐに冗談だとわかった。

「キモいって。そっちのが嫌だわ」

俺も笑いながらあっさりと断る。

「……」

鳥越が熱い眼差しで俺と出口を交互に見ていた。

「鳥越さん？　変なこと想像してないですか？」

「え。してないヨ」

嘘《うそ》つけ。

「仲が良い男子同士って、なんか、その、ね？」

わかるでしょ、みたいに言ってくんな。俺はＢＬ趣味ねえからわかんねえよ。

「ねえねえ、藍ちゃん、勝負しよ」

「歌で？　私に？　笑止！」

ででん、と得意げにヒメジが胸を張った。

「いいでしょう。井の中の蛙と大海原のシャチの違いを見せつけてあげます」

伏見は単純にお遊びの勝負を持ちかけた感じだったのに、ヒメジは対抗心バリバリで完膚なきまでに実力を見せつける気でいた。

この二人は、こうやって永遠に張り合っていくんだろうな。

打ち上げの話がまとまったあたりで、俺たちは帰ることにした。

「ひーな。私、図書委員の当番があって」

「そうなの？　じゃあ、お話相手になっちゃおうかな」

「うん。ありがとう」

当番は暇だと鳥越は以前に言っていた。

それと、暇だから読書が捗《はかど》っていい、とも。

たぶんハマっている小説が今はないんだろう。途中まで一緒に廊下を歩くと、図書室への岐路で俺とヒメジは伏見と鳥越と別れた。

「一緒に帰ってあげます」

「そりゃこっちのセリフだよ。てか、家が近いんだから一緒になるだろ」

ヒメジは勝ち気な笑顔を浮かべた。

「諒のくせに偉そうです」

「発言がもうちょっとアレなら、ヒメジはもっと人気出ると思うんだけどな」

鳥越が言ったように、重大な欠点を抱えている美少女。それがヒメジ。らしいっちゃらしい。それが魅力というのも、わからないでもない。

「アレってなんですか？」

「なんでもねえ」

下足箱から出したスニーカーを履《は》いて、ヒメジを待つ。ローファーを履こうとしたヒメジがよろけたので、腕を摑《つか》んでほんの少し支えた。

「……っ、なんですか」

上目遣いで頰《ほお》を赤くするヒメジ。

真《ま》っ直《す》ぐ目が合い、この前されたキスのことを思い出してしまった。

後ろのほうで生徒の話し声が聞こえて、はっと我に返りヒメジを離した。

「なんでもねぇよ」

最寄り駅へ向かう道中、そういえば、と俺は思い出した。

「ヒメジって、伏見のお母さんが女優だって知ってた?」

「あぁ。芦原《あしはら》さん、でしたっけ。昔から知ってましたよ。けど、子供だったので『姫奈《ひな》のお母さんはテレビに出るすごい人』ってくらいの認識でした」

昔からヒメジも知ってはいたらしい。

「どうしたんですか、いきなり」

「最近そのことを知ったんだ。すげぇんだなーって」

「何か覚えていることって、ありますか? 芦原さん……姫奈のお母さんのことで覚えていること?

………?

思い返してみたけど、伏見の母親のことはぱっとじゃ思い浮かばない。

「うちの母さん曰く、俺も会ったことはあるらしいけど全然覚えてないんだよな」

「そうですか」

「ただ、怖い人ってイメージはある。厳しいことを俺が言われたのか、伏見に言っているのを見たのか、なんだったのかわからないけど」

「怖い人、ですか」

探偵みたいにふむふむ、とヒメジは何かを確認するようにうなずいた。

「芸能人って、実は性格悪い、みたいな取り上げられ方する人もいたりするだろ？」

「ええ。思い当たりますよ、たくさん」

「もしかすると、伏見の母親もそういう人だったのかもなって」

「どうでしょう。私はこれといって印象がありませんから」

そんな話をしている間に、駅へ到着し俺たちは帰っていった。


週末の土曜日。

映画完成打ち上げと称されたカラオケに俺たちはやってきていた。

伏見とヒメジ、鳥越、あとは茉菜もついてきた。他は、出口とクラスの中心的なクラスメイト男女一〇人ほど。これからメンバーは増えたり減ったりする。

「打ち上げとかマジで大人じゃん」

誘ったときから、ワクワクしていた茉菜が改めてつぶやいた。

「大仕事を終えたあとは、こういう集まりを催すのが一般的ですから」

「へぇ〜」

ヒメジが得意げに言うと、茉菜は感嘆の声を漏《も》らしていた。

「カラオケ久しぶりだね、諒くん」

「え？　俺は、あれ以来一回来たよ」

「そうなの？　誰と？」

ヒメジと。だけど、前に一緒に行くって伏見とは約束した手前、ヒメジと先に行ったたって言うのは、約束を破ったみたいで気が引ける。

「以前、私と行きましたよ」

聞こえていたのか、ヒメジが即答した。

「へぇ……そうなんだ」

生気がなくなった目をする伏見は、無機質な眼差しを送ってくる。

「ああ、うん……まあ、そう」

否定することもできないので、なんか気まずい。悪いことは何にもしてないのに。あ、そうだった。

「いやあれは、たまたま雨宿りをしようってなって、駆け込んだところがちょうどカラオケだったたってだけなんだよ」

俺は慌てて感情ゼロの伏見に説明する。

「ヒメジが雷苦手だから、防音設備があるし雨宿りもできるから一石二鳥だって言って」

「密室でイチャついたんだ？」

「なんでそうなるんだよ」

「諒には、私のすべてを見てもらいました」

「ややこしい言い方すんな。持ち歌を歌ってもらっただけだろ。振り付きで」

嫌悪感を伴った半目をする伏見。

「いやらしい……」

「どこがだよ」

責められっぱなしなので、静かにしている鳥越に話を振った。

「鳥越は、カラオケって行くほう?」

「私は、行くとしても一人かな。こんなに大勢は、はじめて」

「あたしも大勢久しぶり～。シズ、一緒に歌う?」

「マナマナとなら」

「いぇーい」

兄妹でなんでこうも違うんだろうってていうくらい茉菜は陽気だった。

「受付済ませたから、行くぞ、みんなー」

店員さんの後ろをついていく出口が、ロビーに溜《た》まっている俺たちに声をかけた。

階段を上って案内された部屋は、二〇人ほどが入る大部屋だった。

俺が知っているカラオケよりも、画面もでかいし前方にちょっとしたステージができている。

真っ先にマラカスを見つけた鳥越が、シャンシャン、と軽《かろ》やかに鳴らした。

「複数人で行くときは、マラカス係っているよね……？」

俺の目線に気づいた鳥越が訊いてきた。

「俺も詳しいほうじゃないけど、あんまいないような」

「そうなんだ」

記憶にある限りでは、使っている人を見たことがない。いや、人によるのか？

一人で行くって言ってたから、鳥越は普段と違って勝手がわからないらしい。

各々が好きな場所に腰を落ち着けると、さっそくカラオケがはじまった。

みんなが知っているであろう流行りのポップスを女子二人が歌い、隣に座っている鳥越が、シャンシャンと合いの手のようにマラカスを鳴らした。

「打ち上げって、こんな感じなのか」

ぽつりとこぼすと、隣にいたヒメジが反応した。

「私が知っている打ち上げはパーティって感じですけどね」

「業界人風を吹かすなよ」

会話が歌声の合間に聞こえていたらしく、鳥越も話に入ってきた。

「そもそも学祭って、積極的に参加したことなかったから、打ち上げ系の話が出てもずっとスルーしてた」

俺も同じく。

「静香さんは、つまらない学生生活を送っているんですね」

「いや、言わないでよ。その通りなんだから」

ヒメジもどことなく鳥越に遠慮がなくなっているような気がする。

仲良くなったってことなんだろう。

「藍ちゃん、勝負だからね」

マイクを持った伏見が、改めて宣戦布告した。

やれやれ、とでも言いたげに、ヒメジもマイクを持って応《こた》える。

「いいですよ。まあ、勝負になるとは思えませんが」

元アイドル転校生と学校の現アイドル的存在の伏見がバチバチにやり合うって言《い》うんだから場が盛り上がらないはずがなかった。

ピピ、と自分のときだけ採点モードに伏見が変える。前に一度歌っていた曲だ。

「あたし何歌おう～？　にーに、何歌ってほしい？」

「好きなの歌ってくれよ」

「『蛍の光』歌おうかな」

「音楽の授業じゃないんだから……。みんな目が点になるだろ」

「じゃあ『魔王』とか」

「おとーさんお父さん、じゃねえんだよ。カラオケで大喜利すんなよ」

んー、と唸《うな》りながら端末を操作している茉菜。

ヒメジの顔色を窺《うかが》うと、険しい顔をしていた。

「……私も本気を出さないといけないらしいです」

上手いのは俺も知っていたけど、一応プロのヒメジがそう思うくらいには、伏見は上手かったらしい。

隣の隣にいる鳥越からメッセージを受信した。

『ひーな上手い』

鳥越は知らなかったのか。

『俺もちょっと前に知った』

『どうしよ。何歌おう』

『歌えって催促されるまで待つに一票』

『天才』

やりとりをしていると、茉菜に小突かれた。

「にーに、何携帯イジってんの」

「いや、ちょっとな」

「マナー違反だから。見なよ、姫奈ちゃん。にーにが聴いてないから無の顔してる」

そんなわけ……。と思って前で歌っている伏見に目をやると、茉菜が言った通り無表情だった。じっと俺を見ている。

さっきまでもうちょっと楽しげだったのに。すぐに携帯をしまって、さっと茉菜から差し出されたマラカスをシャンシャンと振った。

そうすると、しぼんでいた花が徐々に生気を取り戻すかのように、表情が明るくなっていった。

わかりやすいやつ。マラカスってこういう道具だったんだな。

歌い終わると、室内から拍手が上がった。

「姫奈ちゃん、うまっ」「可愛いすぎるわ、伏見さん」「伏見さん、マジでなんでもできるじゃん」

賞賛の声がたくさん聞こえ、伏見がてへへ、と照れている。

採点は九五点と高得点だった。

「あー、言い忘れてたけど、人数多いかもと思ってもう一個隣に部屋借りてるから、ストイックに歌いたい人はそっちでもいいぞ」

と出口が言う。

「あのアマチュア蛙ちゃんに、わからせてやるときがきたようです……！」

意気込んだヒメジはマイクを握りステージのほうへ行った。

「あ、おい、ヒメジ――」

止めようとしたけど遅かった。

「姫嶋さんごめん。次オレだわ」

と前に出た出口がヒメジに言った。

顔を真っ赤にしてヒメジがすぐに戻ってきた。

「どうして言ってくれなかったんですか。恥をかかせようと泳がせましたね⁉」

「言おうとしたけど遅くなったんだよ」

んもう、とヒメジはジュースに口をつけた。そこで、鳥越がちょんちょん、と袖《そで》を引っ張った。

「高森くん、もう片方の部屋いかない？」

「ああ、うん、いいけど、どうして？」

「練習をちょっとだけ……」

「ああ、なるほど」

その気持ちがよくわかる俺は、鳥越が出ていくのに続いて部屋をあとにする。隣は一部屋しかなかったので、どこなのかすぐにわかった。

中はさっきの大部屋と違いかなり狭かった。二人でソファに座ると、ほとんど肩がぶつかるほどで、もう個室って言っていいくらいだった。カップルシートとかそういう名前ついてんじゃないのか。

　肩がちょん、とぶつかる。

「っ……」

「あ、ごめん」

　女子とこの距離は、誰であっても慣れないな。

「う、ううん……大丈夫」

と鳥越が首を振ると、端末を手にしてぽつりと言う。

「みんな、普通に人前で歌えるんだね」

「それな。抵抗あるわ、俺は」

「わかる」

　タッチペンで端末を操作していく鳥越。手元を覗《のぞ》くと、どうやらアニソンを探しているらしかった。

「ひーなやヒメジちゃんみたいに上手くないし、下手でもさ、なんていうかイジれる下手さってあるでしょ」

「ああ、うん」

　言わんとしていることは俺もよくわかった。

「イジれる下手さもそうだし、その人のキャラにもよるよな」

「下手でも多少触れてくれたり、イジってくれるほうが気楽だったりもするんだけど、私は……」

「俺もイジられるキャラでもないし、触れまいとして気を遣わせたりするのも、腫物《はれもの》扱いされているみたいで居心地悪かったりするんだよな」

「わかりすぎる」

鳥越が情報を送信すると、去年あたりに人気になったアニメの主題歌がディスプレイに表示された。俺も最終話まで見たアニメだ。

たぶん、鳥越はそのことを覚えていたんだろう。

それに、この歌は……男女でパートが分かれる珍しい曲だった。

ボンボン、とオンにしたマイクを手の平で確認した鳥越は、その一本を渡してくる。

「男パートね」

「まあ、練習だからいいか」

イントロが流れはじめるとディスプレイにアニメ映像が流れる。すると、慌てたように鳥越が言った。

「へ、下手でも、スルーしないでね。あ、でも、面と向かってディスらないで」

「注文が多いな」

笑いながら俺はそれらを了承した。

「俺もおんなじことを注文しておく」

「とか言って、本当は上手かったら怒るから」

「なんで怒られないといけないんだよ」

軽く笑って、女性パートの鳥越からはじまった。

聞いてみると、鳥越が心配したようなおかしなところは何もない。

上手いかって言われれば違うのかもしれないけど、聞き苦しいなんてことはなかった。

そういやヒメジが言ってたな。歌も練習だって。

……だとしたら鳥越、相当歌ってるな、この曲。

男パートがはじまり、俺も続いて歌う。こんな感じだったよな？　と頭の中にある記憶を声に出していく。ふと隣の様子を見ると、頭や首を小さく振りながら鳥越が歌に合わせて口パクをしている。

出口が言っていた一生懸命感が可愛いというのも、納得だった。

ディスプレイに照らされた鳥越の横顔が、ふとこっちを向く。

ああ、二人で歌うとこだったな。

こんな感じで一曲が終わる。鳥越は何かやりきったような清々しい顔をしていた。

「高森くん、言ってもいい？」

「酷評はやめてくれよ？」

「なんか……イイ感じだったね」

俺はほっと胸を撫でおろした。

「それならよかった」

「いつも一人であれ歌ってたけど、二人で歌うと、なんか、うんっ」

鳥越は興奮気味に何度もうなずいた。さっきのは納得の出来だったらしい。

「鳥越、相当歌ってるだろ、あれ」

「うん」

「変じゃないよ。下手でもないし」

「……よかった」

安心したような笑みを覗かせる鳥越。

「一人じゃなくて、伏見やヒメジとも行けばいいのに」

「私が歌いたいものって、みんなわからなかったり知らなかったりするから、たぶん楽しくないんじゃないかって」

ああ、趣味のことを考えると一人で行ったほうがいい、と。

そういう合理的な考えは鳥越らしかった。

ふと、扉のほうを見ると、小窓から茉菜がじいいいいいいいいいっとこっちを覗いていた。

「うわ、びっくりした」

「っ⁉　マナマナ……！」

中に茉菜が入ってきた。

「大部屋抜けてこんな小部屋でイチャついて……。シズは悪い子だね」

「ちょっと練習してただけだから」

「あたしと歌うっつったじゃんっ。なんでにーになわけ」

そこかよ。引っかかってんの。

「マナマナとは、趣味合わないだろうから一緒に歌っても楽しくないかもって」

めっちゃストレート⁉

「めっちゃストレート⁉　なんでそんなこと言うわけー⁉」

あ、やっぱ兄妹なんだなって、今思った。

鳥越の隣にずいずい、とソファに尻《しり》を押し込んできた茉菜は、鳥越の背中に手を回した。

「悪いシズにはお仕置き」

「やっ、ちょっとやめっ……！」

体をくねらせながら鳥越が茉菜の手から逃れようとしている。

くすぐっているのかと思いきや、どう考えても胸を揉《も》んでいた。暗がりだからってわからないと思ったのか？

「マナマナ、怒るよ」

「デカパイこんなところに隠して！」

思わず見てしまい、バレるとまずいのですぐ目をそらした。

「わっ、やあっ、ちょっ……っと」

「やめろ、アホ」

ゴス、と俺は茉菜の頭にチョップした。茉菜から逃げようと暴《あば》れた鳥越は、うっすらと顔を赤くしていた。

「何すんのー」

「それはこっちのセリフだ」

「お仕置きのついでにシズの成長を確認してただけじゃん」

確認すんな。

「にーにもしてみる？」

「マナマナっ」

諌《いさ》めるように茉菜に言う鳥越と目が合う。すると、無言のまますすっと俺から距離を取った。

「しねえよ！　何しにきたんだよ」

「藍ちゃんの番が回ってきたから教えてあげようと思って……こっち覗いたら一緒に歌ってるから、にーににシズを取られたみたいでムカついて、それで……ええっと………」

うんんん？　と順を追って整理している我が妹。そしてはっと何かに気づいた。

「あたし超邪魔してんじゃん！」

「歌い終わったあとだから別に邪魔では」

俺が言い終わる前に、「黙ってて」と茉菜に遮《さえぎ》られた。

「………あたし、ここに誰も入らないように言ってくるから！」

「いい！　いい！　そんなのいいから！」

立ち上がった茉菜を引っ張って留めようとする鳥越。その力が強すぎたせいか、茉菜が俺の上に倒れてきた。

「うべっ⁉」

やってきた伏見がこちらの様子を窺っていた。

「三人で何してるの？」

不思議そうに瞬きを繰り返している。

「にーにが悪い……」

目を回している茉菜がぼそっと言った。

「マナマナ、重い……」

ついでに鳥越も下敷きになっていた。

「まあ、ちょっと……色々と……」

伏見に誤魔化《ごまか》しながら、俺は茉菜を押しのけた。

「どうかした?」

「なくなったみんなの飲み物入れてこようかと思って」

「手伝うよ」

ドリンクサーバーまで一人で行くつもりだったらしい。

「ありがとう、諒くん」

小部屋を抜けて廊下の隅にあるサーバーまで歩いた。

「藍ちゃんには、わたしの適当激マズドリンクを飲ませてあげようかと」

ししし、と伏見は忍び笑いを漏らす。

「中学生かよ」

色んなジュースや飲み物を混ぜるってことだろ、それ。対ヒメジでは、伏見は精神年齢が下がるような気がする。

「諒くんに、わたし一曲リクエストしたい」

「俺に? 歌えるかな」

「諒くんも知ってる曲のはず」

曲名を聞くと、ああ、あれか、とすぐに思い浮かんだ。中学くらいで流行ったゆるやかなラブソングで、たしかにそこまで難しくはなさそうだった。

「なあリナ、おまえがいればそれでよかった——みたいなやつな」

俺が一節歌うと、注文をつけられた。

「そうそう。そこで、その名前を、こっそりヒナに替えてくれちゃったりなんかしちゃっても
——!?」

ワクワクに目を輝かせながら伏見がリクエストしてくる。

「それってカップルでいるときに男が名前を替えて歌うやつだろ」

「じゃあ、わたしとカップルになったらヒナに替えて歌ってくれる?」

半分冗談のような発言に返答に困ってしまう。

ぱっちりとした目で長い睫毛《まつげ》をぱたぱた、と上下させながら小首をかしげる伏見。何を言っていいか迷っている俺をからかうように微笑している。

「ええっと……、な……なったらな?」

「やったっ」

両手を拳《こぶし》にしてぶんぶんと何度か振った。

「それで、みんな何飲むんだろう?」

全然入れないので不思議に思って訊くと「あ」と声を上げた。

「ごめん、忘れちゃった」

ちろっと舌を出して愛想よく謝る伏見。

「大部屋戻って訊き直すか」

「お手数おかけします」

「いいえ」

大部屋に戻る短い廊下ですっと伏見が腕を絡《から》めてくる。横を見ると、超いい笑顔だった。

◆鳥越静香◆

いつの間にか、ひーなと高森くんがいなくなっている。

マナマナがみんなのジュースを入れに行ったのだとすぐに教えてくれた。

「にーにのカラオケどうだった?」

「普通かな。取り立てて上手いわけじゃないけど下手でもないというか」

そうなんだー、とマナマナは興味深そうに相槌を打った。

訊いてみると、どうやら高森くんとカラオケに行ったことがないらしい。それもそうか、と納得する。兄妹二人でカラオケに行くのは、なんというか、ちょっとブラコンシスコンが過ぎると思う。

「茉菜、次ですよ」

小部屋に顔を覗かせたヒメジちゃんが言った。

「おっけー」

すっくと立ち上がったマナマナが出て行くのと入れ替わりにヒメジちゃんが入ってきた。

「いつの間にか二人で抜け出して」

半目になったヒメジちゃんは私の頰をぐにゅっとつねった。

「痛い、痛い」

「私の歌も聞かずに、今度は姫奈と一緒ですか。あの男は本当に……」

そう言って呆《あき》れたようにため息をついた。離してくれた頰をさすりながら、ヒメジちゃんはただ高森くんに歌を聞いてほしかっただけなんじゃ、と思う。

「諒に聞いたら、姫奈の母親のことで覚えていることはとくにないそうです」

「そうなんだ」

ひーなの机にあった日記帳。あれには高森家との様々なことが書かれていた。

私は覚えている限りをヒメジちゃんに話し、高森くんがあそこまで極端に恋愛下手なのはひーなとその母親のことがトラウマになっているのでは、と私は結論づけた。

そして、私たちは一時的に手を組むことにした。

といっても、明確な取り決めはなく、その場に応じてひーなを一方が引きつけて、もう一方が高森くんのそばにいるという程度のものだった。

「……大人げなさすぎませんか。さすがに。子供にキツく当たるなんて」

ひーなの母親、芦原聡美《さとみ》は、高森くんの父親と幼馴染だった。

恋人だった二人が関係を終わらせることになったのは、芦原聡美の激増した芸能の仕事とそれによって生じるすれ違いが原因だった。

別れたあとも気持ちが残っていた芦原聡美だったけど、高森くんの父親は高森くんの母親と結婚してしまう。

憎かったんだと思う。あの子供がいなければ、復縁する可能性があったと思うと。

そして、当てつけのように自分も結婚し、ひーなを産んでいる。結果離婚。ヒメジちゃん曰く、子育てに関与はほぼしていなかったらしい。

『姫奈はあなたのことを本当は好きじゃない』だったっけ。

反省の弁を日記でも後述しているけど、高森くんに八つ当たりしているのは、ちょっと引く。

「ヒメジちゃんの当時の話から、高森くんとひーなは超仲良しだった。でもその母親からそんな発言をされたのなら、当然ショックを受けるはず」

「それが何かしらの女性に対するトラウマになっている」

補足してくれたヒメジちゃんに私はうなずく。

「覚えてないって言ったことから、無意識のうちにトラウマになっているんだと思う」

「女性不信とか、そういうことですか?」

「簡単に言えば、そんな感じかな。友達としては上手くやっていけるけど、それ以上の恋愛感情をちょっとでも勘づけば……」

関係を壊さない程度に上手く舵を取る。

高森くんは、鈍感なんじゃなく、敏感すぎるんだ。

「小学生の頃は私と両想《おも》いだったので、それほど大きな傷じゃなかったんだと思います。けど、頭と心が成長するにつれて、残ったままだったトラウマの傷が大きくなってしまったんでしょうね」

「日記を読んだ限りじゃ、キツく当たるのもまあわからなくないんだよ」

黙って聞いているヒメジちゃんに、私は続ける。

「日記の目線では、芸能活動で忙しくしている間、付き合っていた幼馴染である高森父は、関係が上手くいかなくなったことから別れを告げた。そしてすぐに別の女性……高森母とくっついた」

「諒のお母さんが寝取ったということですか」

「ヒメジちゃん直接すぎるよ、表現が」

漫画やアニメのキャラならまだしも、実在する人物の話だから、寝取ったとか言われるとさすがにちょっと引いてしまう。

「だってそうでしょう?」

「実際どうかは別として、日記目線だと奪われたって感じだったみたい。そして高森くんが産まれた。恋敵の息子ってことになるんだよ、伏見母からすると」

「だからついキツく当たってしまったと。勝手ですね。自分だって別の人とすぐにくっついて姫奈を産んでいるじゃないですか」

「……これは推測だけど、すぐに伏見父とくっついたのは当てつけだったのかもね。自分を捨てた高森父に対する」

「もっと良い男と付き合って結婚してやろうってことですか。なんというか、男勝りな思考といいますか、いかにも芸能人特有のプライドの高さや気の強さを感じます」

嘆くように首を振っているヒメジちゃん。

……私からすると、さっきの発言は超ブーメラン発言で、自己紹介って感じがすごい。

「高森くんへの発言は反省してたみたいだよ」

「反省していたら何を言ってもいいというわけではないでしょう?」

「ちょっと、正論やめて。私は日記にあることを覚えている限りしゃべっているだけだし」

芸能の世界にいるヒメジちゃんだからか、それとも、ひーなと高森くんを昔から知っている幼馴染だからか、ヒメジちゃんは怒っているようだった。

「あの人は、姫奈も姫奈のお父さんも、傷ついたプライドを癒《いや》す道具にしたんですよ、きっと。お母さんとしての評判は良くなかったみたいですし、早くに離婚もしています」

手厳しい発言だった。真実はわからないけど、そういう見方ができなくもない。

その言が正しいとすると、ひーなは、大好きな人と自分を繋《つな》ぐものを探していたのかもしれない。

母親と演劇。高森くんと約束。

ひーなのことをただの恋敵として見られたら、どれだけ楽だっただろう。

そんな視点を簡単に持てないほど、私はひーなと仲が良い。仲が良くなってしまった。

「でもこれではっきりしましたね。姫奈は相手としてミスマッチなんだと思います」

きっぱりと言うヒメジちゃんの力強さを私は尊敬している。自分が決めた道こそ王道とでも言いたげな真っ直ぐな自信と自己評価がある。高森くんの相手は自分なのだと瞳《ひとみ》が語っている。

「ヒメジちゃんって、高森くんのこと本当に好きなんだね」

「へうっ⁉」

思ってもみない発言だったのか、変なリアクションをすると、ゲホゲホと咳き込んだ。

「大丈夫？」

「べ、別にそういうつもりじゃないんですが」

はいはい、ツンデレ乙。咳き込んだせいか、それとも恥ずかしいのか、顔が赤いし目がちょっとうるんでいる。

そんな顔ズルい。可愛い。

「じゃどういうつもりだったの」

「それは…………」

困ったように目をそらすヒメジちゃん。少し意地悪がしたくなった。

「組んだんだから、そういうことをちゃんと言わないと、私のサポートに回ってもらうから」

「な……っ」

口をへの字にして「ぅぅぅぅ～」と犬みたいに唸っているヒメジちゃん。

「い…………いいですよ、別に。サポートしてあげても」

意地っ張りなヒメジちゃんに、思わず笑ってしまう。

絶対良くないくせに。

そんなに明言したくないんだ。

私にとって完全に黒船だったヒメジちゃん。けど、よく知っていけばいくほど、一緒にいて楽しいし可愛い女の子だった。

高森くんが選んだ相手が、たとえひーなでもヒメジちゃんでも、私は祝福できるような気がした。

② 助っ人

映画完成打ち上げは成功に終わった。俺《おれ》が歌っている最中にシーンとすることはなく、ノリノリで盛り上げてくれた。

気遣いだったとしても、本当にありがたかった。

シーンとして携帯をみんなイジりはじめたらどうしようってずっと心配だったから。

伏見《ふしみ》もヒメジも鳥越《とりごえ》も、何曲か歌った。歌っている女子は、普段より可愛《かわい》く見えるのが不思議だった。

週明けの月曜日。

伏見とヒメジと登校していると、ヒメジが愚痴っぽく稽古が大変だっただの、あの演出家が口うるさいだの言っていた。

伏見に対してのマウントなんだろうかと思ったけど、他意はなかったらしい。

「藍《あい》ちゃんも大変なんだね」

「歌はいいのですが、まだイマイチ演出家が言っている意味や意図がわからなかったりするので……」

マウント関係なしのマジ悩みだった。

俺は稽古場での人間関係を目の当《まあ》たりにしたことがある。演技指導以外でも、お姉さま方から嫌みを言われたりしてないだろうかとちょっと心配になった。

「あの薄らハゲ演出家を演技で黙らせたらさぞ気持ちいいでしょうね」

らしさは失ってないようで、俺は少し安心した。

「悪いところでもあるけど、いいところでもあるんだよね、藍ちゃんのそれ」

「だな」

伏見の解説に俺も同意した。

学校が段々近づいていくにつれ、生徒の数が増していく。伏見やヒメジが方々から挨拶《あいさつ》をされて返していると、挨拶で終わらない女子が伏見のそばまでやってきた。

小柄な三年の先輩だった。

「伏見さん、ちょっといいかしら」

「あ、はい?」

不思議そうに小首をかしげる伏見にその先輩は言った。

「学祭で映画を上映するんでしょう？　準備で忙しかったりする？」

「今は全然です。映画も完成したので、準備っていうほどのことは何も」

「ごめんなさい、いきなり。えっと、私、演劇部の部長の吉本っていうんだけど」

演劇部の存在は知っていた。毎年学祭で演劇をやっているのも。

「毎年演劇部は学祭で演劇を上演しているのだけれど、それに出てくれないかしら」

「わ、わたしですか?」

驚きながら自分を指差している伏見。ちょっとだけ、目が輝いている。

「演劇のレッスンを受けているって」

「あ、はい」

何を言われるかわからず強張っていた表情が、徐々に崩れていった。

おほん、おーっほん、とわざとらしい咳払《せきばら》いをヒメジは続けているが、吉本先輩には無視されていた。

ヒメジ、諦《あきら》めろ。完全に眼中になさそうだから。

「受賞した映画にも伏見さん出ているって」

「ええ、ええ。そうです」

にょにょにょにょ、と伏見の鼻が高くなっていくのが目に見えるようだった。

吉本先輩が言うには、部員が一人急病で入院することになってしまったらしく、役に欠員が出てしまったそうだ。

部内で代役を立てることができない状況のようで、そこで伏見の名前が上がったらしい。

「演劇部は、毎年学祭の公演を最後に引退することになっていて、どうしてもいい公演にしたいの」

「出ます。やります」

即決かよ。

「え。役どころとか、まだあの――」

「やります」

人助けの使命感と自信で伏見の瞳《ひとみ》が燃えていた。

おい、声かけた側が戸惑ってるぞ伏見。

「えっと、大丈夫？　クラスの準備とか。こっちも稽古ちゃんとするから時間もそれなりにとってもらわないと……」

「どんと来いです。大丈夫です」

やる気満々だった。元々お人好しでもある伏見に、困っていると相談した時点で答えは出ていたのかもしれない。

「あ、ありがとう！　じゃあ、細かいことは放課後に――」

そう言って、吉本先輩はほっとしたような笑顔で去っていった。

「よかったな。声かけてもらって」

「うん！」

すごい嬉《うれ》しそうな伏見に対して、ため息をつくヒメジだった。

「私がいるのに、姫奈《ひな》のほうに声をかけるなんて、二択をミスってますね」

不遜すぎるヒメジだった。

「ヒメジは、引き受けても先方にめちゃくちゃ我がまま言いそう」

「言いませんよ、そんなの」

「引き受けるとしても時間あるの？」

「ありません。なので、せっかくですが断ります」

「なんなんだ、こいつ」

声かけてほしい感出しまくってたのに。

「断るにしても、一旦《いったん》声をかけてほしいと思うのが演者心です」

「面倒くさいやつ」

そういう意味では、あの吉本先輩は見る目があったんだな。

「諒《りょう》くんの映画出たりしながらも、わたしずっとレッスン続けてたから、試してみたいっていうか、やってみたい」

真《ま》っ直《す》ぐな願望を語る伏見とその笑顔に、以前なら押し潰《つぶ》されるような気持ちになっていたかもしれない。

「どんな役なんだろうな」

けど今は、素直に応援できる。

「舞台は久しぶりだから、ワクドキです」

伏見の部屋にあった、綺麗《きれい》に整頓されていた映画のＤＶＤの数々。背表紙だけしか見えず、タイトルもほとんど知らなかったけど、気になって検索をしてみたことがあった。

たまたまなのか、それとも意図的なのか、数本検索して半分くらいは芦原聡美《あしはらさとみ》が出ている映画だった。

やっぱりどこかで母親のことを意識しているんだろう。多少の憧《あこが》れがあるのかもしれない。

「いい役だといいな」

「うん！」

学祭まで三週間ほどある。伏見ならきっと上手《うま》くやるんだろう。

……その日の昼休みのことだった。

吉本先輩が伏見を呼びにやってきて、伏見は彼女についていった。

どうやら、昼休みを使って演劇の内容や伏見の役回りについて説明をするつもりらしい。

俺は、鳥越が不思議そうにしていたので、いつも一緒に過ごす物理室へ向かう途中に今朝《けさ》あったことを伝えた。

「あぁ、なるほど。なんだかんだで、ひーなはうちの学校のアイドルだもんね」

鳥越は連れていかれた伏見のことを思い浮かべながらつぶやいた。

「朝、ヒメジもいて。見向きもされなかったからすげー不満そうだった」

くすくすと鳥越が笑う。

「目に浮かぶ」

「ヒメジは、美少女転校生ってことで話題になったけど、元アイドルってことは伏せてるもんな、一応。それか、単に人柄か」

「いやー、たぶん、高森《たかもり》くんの受賞したやつに出てたからだよ」

「俺の？　あれに？」

「そう。無名だった俳優さんが、人気になった映画やドラマに出た影響で色々な作品に出演するって、珍しいことじゃないでしょ」

言われてみれば。

「ひーなにもその現象が起きてるんじゃないかなって」

もしそうなら嬉しい限りだ。まあ、講評では伏見のおかげでカバーされているところもある、みたいなことを書かれたけど。

今朝の誘われたときのあの笑顔を思い返す。

オーディションに落ちて泣いていたのを、俺は知っている。

ゲスな芸能事務所の社長に足下を見られて、体を売れって遠回しに言われたこともあった。

ライバル視しているヒメジが上手くいっているところを目の当たりにして、焦《あせ》っていたこともあった。

……伏見があがいたこの数か月を、俺はそばで見てきている。

学祭の代役なんてちっちゃいことかもしれない。

けど、伏見にとっては大役でもあったはずだ。

はじめて伏見の演技をほしがった第三者がいたのだ。

物理室に入ると、それぞれいつもの席で昼食を食べはじめる。

「演劇部って、何人くらいか知ってる？」

俺が尋ねると、知っていたらしくすぐ教えてくれた。

「一〇人前後くらいだったと思う。一人抜けたら大変だよね、そりゃ」

演劇中の裏方がどれほど必要なのか俺はわからないけど、人数的にも一人二役ができない状態でもあったんだろう。

「どんなのやるんだろう」

「あとでひーなに訊いたら？」

「それもそうか」

ふふっと吐息のような笑いを鳥越が漏《も》らした。

「どうかした？」

「そんなに気になるなら、見学させてもらえば？」

「いや、いいよ。邪魔になるだろうし」

無意識に思っていることが見透かされたみたいで、ちょっとした気恥ずかしさがあった。

「私も、やってみたいことができたんだ」

へえ、そう、と俺は気になりつつもがっつかないように自分を抑えた。

「高森くんが、忙しい中自分でやりたい映画を撮ったのを見てて……ちょっとダサいけど触発されたっていうか」

「ダサくないだろ。……で、やってみたいことって？」

「う……。いざ訊かれると、言うのはちょっと照れるかも……」

「なんだよ、それ」

と俺は笑う。

「ひーなが、高森くんに女優目指しているってことを黙っていた気持ちが、ほんのちょっとだけわかる」

わかる。なんなんだろうな、あの気後れしてしまう感じ。

鳥越が何をやりたいか聞いても、俺は笑わないし、たぶん鳥越もそれはわかってくれていると思う。でも、なんとなく言いにくいんだよな。

高校生で制服を着て授業を受ける――そんな毎日似たようなことをして過ごしている俺たちの、唯一違ってくるものだからだろうか。

伏見の芝居もそうだし、俺が動画編集から派生して映画を撮ってみたいと思ったことも、それぞれのパーソナリティが反映されているから、内面を剝き出して晒《さら》すような感覚になるのかもしれない。

「俺は、鳥越が何やりたいって思ってても、めちゃくちゃ応援するし、上手くいったらいいなって思うよ」

「……セクシー女優なんだけど」

「え」

弁当を見ていた俺は、真っ直ぐに鳥越のほうに目をやった。

…………え？　今……え？

目が合うと、鳥越はいたずらを成功させた子供みたいに肩を揺らした。

「ふふ。高森くんの目が点になってる。ふふふ」

「や、やりたいことって、それ？」

映画を撮っている俺に触発されてって……、撮影だから無関係ではないのか……。

「冗談だよ」

「び、びびった。……だ、だよな」

俺の反応がよっぽどおかしかったらしく、鳥越は、あははと珍しく声に出して笑う。

「ちゃんとできるかわからないから、できたら教えるね」

「ああ、うん」

結局やりたいことがなんだったのか、教えてはくれないようだ。鳥越の性格からして、突拍子もないことはしないだろうというのが、俺の予想。

「それはそうと、ひーなどんな役なんだろう。木とかだったらいいなぁ。面白《おもしろ》いのに」

「たしかに面白いけど、そういう面白がり方すんなよ」

そんなことはないだろうけどな。

雑談に花が咲いてしまい、チャイムが鳴るまで時間を忘れていた。

「急ごう。五限、間に合わなくなる」

鳥越を急かして、俺は物理室を出ていく。

そのときだった。

後ろから腕を引っ張られた。

「……鳥越？」

俺の腕を摑《つか》んだ手が、徐々に遠慮がちになっていき、袖《そで》をつまむだけとなった。

「どうかした？」

「あのさ」

控えめに俺をちらりと見ると、頰《ほお》がゆっくりと染まっていった。視線はつま先に落ちていき、上履きの中の指が、落ち着かないようにムズムズと動いていた。

「私とじゃ、授業サボれない？」

「え？」

「ひーなから一回聞いたことがあって……。二人で授業サボったことがあるって」

伏見と、となるとあの知らない駅で降りて海に行ったあれか。

「あ――いやっ、ごめん――。しゃべってて楽しかったから、つい変なこと言っちゃって」

誤魔化《ごまか》すような笑みを覗《のぞ》かせ、鳥越は早歩きで俺を追い抜いていった。

「鳥越」

その背中に声をかけると、こっちを振り向かないまま立ち止まった。

「俺でいいなら、サボるの付き合うぞ」

あとで伏見に小言を言われるだろうけど、今にはじまったことじゃない。

「バカ」

ようやくこっちを向いた鳥越は、困ったように笑う。

「遅刻するよ、学級委員なのに」

と言って先を急ぎはじめた。

教室に入ったときには、ほとんどの生徒が席に着いており、先生だと思った数人から注目を浴びることになったけど、すぐにそうじゃないとわかり喧騒が戻った。

席に着いている伏見は、もらった台本らしきものをじいいいっと読んでいて、俺が帰ってきたことにも気づいていない様子だった。

「どんな役だった？」

「あ、諒くん。おかえり。オリジナルの演劇で、役どころとしては結構大きいかも」

「変なモブ役じゃなくてよかったな」

「モブならわざわざ外部の代役立てないでしょ」

鳥越が冗談で言ったようなことは起きていないらしい。

内容を訊いてみると、オリジナル脚本の演劇のようだった。伏見は「去年もオリジナルのやつをやってたから」と言っていたけど、見たことがない俺には、さっぱりわからなかった。

「脚本だけ読んでても面白いよ」

「そんなふうに言われると、気になるな」

「でも内緒。ネタバレ厳禁だから」

んだよそれ、と言うと、伏見は小さく笑った。

「今日の放課後から本読みしたりで演劇部のほうに顔を出すから、先に帰ってて」

俺はふたつ返事をした。台本を読む伏見は真剣で、横顔は気合いに満ちている。

話を聞いていたヒメジが、「じゃあ私が一緒に帰ってあげます」とまた上から目線で告げてきた。

「伏見、気合い入ってんな」

その帰り道、俺は思ったことをつぶやいた。

「一生懸命なところは、姫奈のいいところですから。その真っ直ぐな部分が、案外折れやすかったりするみたいですけど」

ヒメジも幼馴染だったんだよなって改めて思う発言だった。

「私のほうを誘えばよかったー！　なんてことにならないように祈るばかりです」

その状況を想像してか、ニンマリとヒメジは笑った。

「役どころを訊いたけど、第二のヒロインって感じだった。配役からして、ヒメジよりも伏見のほうが合いそうだなって思った」

「私にはできないと？」

さっそく不服そうに眉《まゆ》をひそめるヒメジに、俺はすぐ補足を加えた。

「そうじゃなくて。ヒメジは、撮ってて思ったけど華がある。第二って感じじゃないんだよ」

「そ、そうですかっ……？」

嬉しそうに頬がゆるんでいるヒメジ。

「そういう意味では、主役探すってなったら、ヒメジのほうが強いんだろうな」

ミュージカルのオーディションでヒメジが受かったとき。

伏見だって歌も演技も上手いのにって思って同情した。

けど、学祭映画の撮影を重ねていくにつれて、画面映えするヒメジの強さみたいなものを俺は理解するようになっていた。

経歴もよかった、みたいなことを後で松田《まつだ》さんに聞かされて、大人の世界は不公平なんだなって思ったけど――、

「ヒメジにはヒメジの良さがあるんだよ」

逆に言うと、伏見には伏見の良さがある。

「な、なんですか急に。諒のくせに藍ちゃんのご機嫌を取ろうなんて一〇〇年早いんですから！」

嬉し恥ずかしって感じで俺をペシペシと叩《たた》いてくる。

「自信満々のくせに、ストレートに褒められるのには弱いのかよ」

ぼそっと言うと、気を良くしたのか、ヒメジは帰る方角を変えた。得意満面といった様子でずんずんと家から遠ざかっていく。

「パンケーキを食べに行きましょう。私が奢ります！」

……。

「ヒメジ……俺、なんか心配になってきたわ。おまえの芸能活動」

「え、どういうことですか？」

「いや、なんか……チョロいから」

「だっ、誰《だれ》がチョロいですか！」

「奢ってほしいとか、俺はそういうつもりで言ったんじゃなくてだな……」

「わかっています。だからもっと……詳しく聞かせてほしいと思ったんです」

急にしおらしくなると、可愛げが増したように感じるから困る。

「諒は、お世辞を全然言いません。それくらい私も知っています。だからそんなふうに思ってくれたのが………」

先を続けないまま、ヒメジは口を閉ざした。

「まあ、奢られてあげなくもないから行くけどな」

俺はにっと笑って、立ち止まっているヒメジを促した。

「諒のくせに上から目線ですか」

「帰るときはヒメジもそうだろ」

「一〇〇〇円までですからね？」

「俺が想定した倍の値段だったわ」

「五〇〇円でパンケーキ食べようなんて、どこの星出身の何星人ですか」

上機嫌になったヒメジと、近くでパンケーキを食べられそうな店を探し、寄り道をすることになった。

「これって、放課後制服デートですよ」

デート、なのか？

俺とヒメジが二人でいるのは、客観的にそう見えるんだろうか。

「自分で言っておいてアレですが、そう宣言するとちょっと緊張します……」

自爆してんじゃねぇか。

色んな制服のＪＫがたくさんいる人気らしいカフェに入ると、

「オトコ連れじゃん」「いいなぁ……」「見せつけにきたわけ？」「彼ピほし〜」とやっかみ半分羨望半分の声が聞こえた。

無言のヒメジと席に案内され向かい合って座る。

ゆるんでいる口元をそっと手で隠すヒメジ。

「付き合ってるわけじゃないんですけどね」

髪の毛をいじりながら、全然俺と目を合わさなかった。目線とは対照的に、ヒメジのローファーは、俺のスニーカーとくっついたままだった。

店の状況と視線にようやく慣れてくると、次第に元の調子を取り戻していった。

自分のことを詳しく訊いてくる褒めてほしがり星人のヒメジに、良いところを三〇個くらい言わされることになった。言ったというか、絞り出したってほうが自然かもしれない。

「諒って、私のこと好きでしょ？」

自信満々な笑みに、俺は苦笑を返す。

「自分で言わせたんだろ」

「思ってないとそんなにたくさん普通出ませんから」

両手に顎を乗せるヒメジは終始ご機嫌で、俺に反論させてくれない。

「まあ、嫌なやつとは、こんなふうに放課後寄り道したりしないからな」

「へ？　そっ、そうですか………」

うつむくヒメジがどんどん小さくなっていく。

「あの……この学校の学祭って、最後に有志の男女でダンスを踊るって聞いたんですが」

「ああ、あれな」

実行委員が毎年やっている学祭の非公式イベントだ。恒例らしいから今年もやるんだろう。非公式だから参加しない人は帰ってもいいので、俺は去年普通に帰った。

「諒は、相手、誰かいるんですか？」

「あのー、どうでした？」

反応が怖くなり、俺は運転席の松田さんから目をそらしてすぐにサイドミラーに視線を移した。

滑るように静かに走る松田さんの高級セダン車が、ゆっくりと減速する。

前を見ると赤信号だった。

完成した学祭映画を見たいと言うから、松田さんにデータを送っていたのだ。

「きゅんは、どの視点で感想がほしいの？」

「どの視点って、どういうことですか？」

シャレたサングラスの隙間《すきま》から松田さんの目を見る。

「ただの一般的な観客目線やプロ目線だったり、アタシのすごく個人的な目線だったり」

「一番マイルドなやつ」

くすくすと笑うと、またゆっくり車が走りだした。

「つまんないオトコ」

いいよそれで。酷評をわかった上で感想を聞けるほど俺のメンタル強くないから。

最近、バイトは事務所でのデスクワークではなく、こうして松田さんに現場へ連れ出されることが増えた。

今回も事務所所属の別アイドルのＭＶ撮影があるらしく、スタジオへこうして移動をしている。

俺みたいな素人を連れていってていいのか訊くと「社会科見学だと思っておきなさい」とのことだった。

それでバイト代が出るのだから、こちらとしてはとてもありがたい限りだ。

以前とは違うスタジオへやってくると、関係者が松田さんの顔を見ては挨拶をしていく。

オネエだけど外面《そとづら》が抜群にいい松田さんは、俺からすればコミュ力お化け。

誰であっても途切れることなく滑らかに会話を続けて、キリのいいところで終わらせる。何人も何人も、顔と名前を一致させるだけじゃなく、個々のエピソードまで出てくる。

やっぱこの人、俺が思っている以上にすげー人なんだな。

控え室がいくつも連なる通路を進んでいく。ドラマや映画の撮影もここでは行われるらしく個室の脇《わき》には知らない人の名前が張り出されていた。

見かけたって自慢できるような若手女優も俳優もアイドルも今のところいない。

行き止まりになる最奥の個室もそれとなく確認すると、『芦原聡美様　控え室』とあった。

「んっ？」

んんん？

キレイな二度見を決めて、俺は三度目の確認をする。

芦原聡美――。

「どうしたの、きゅん。行くわよ」

「え、ああ、はい」

後ろ髪引かれながら、俺は松田さんについていった。

伏見の母親の、芦原聡美。早くに離婚して以来、ほとんど会っていないとか。

うちの母さんの話では、近所の評判は良くなかったという。

世間の女優としての評価と近所の母親としての評価は真逆だったらしい。

この前ヒメジに訊かれたように、なぜか俺もあまりいい印象を持っていなかった。

挨拶なんてしなくていいよな。

伏見の幼馴染だった近所のガキなんて、きっと覚えていないだろうし。

スタジオの扉を開けて中に入る。

すでに準備が進んでいて、ディレクターが松田さんのところに飛んでくると、小道具や世界観の確認をはじめた。

裏方のスタッフが何人も仕事をしていて、まさに現場って感じだった。

松田さんがどういうふうに思い描いているのかわからないけど、リテイクが多く、メンバーへの注文も多かった。

一度休憩が入れられ、「これで何か買って」と松田さんに一〇〇円をもらった。

スタジオから出て近くに見つけた紙コップの自販機へ向かうと、反対から女の人が同じように自販機へ向かって歩いていた。

目が合った。

ドラマで見たっきりだったけど、その女性が、芦原聡美だとすぐにわかった。年は四〇代前半くらいのはずなのに、二〇代後半くらいに見える。

化粧のせいか？　けど、うちの母さん化粧してもここまで若く見えないな。顔の作りも整っているせいか？

……やっぱり、母娘なんだな。伏見に似ている。いや、伏見が似ているって言うべきか。向こうが先に自販機に小銭を入れた。俺がじっとガン見したせいか、芦原聡美もこっちをまたちらりと目をくれた。

「あ、あの。芦原さん、ですか？」

ただ声をかけるだけなのに、妙にストレスを感じた。叱られるとわかっている職員室に入るような気分だった。

「そうだけど」

謎《なぞ》の少年が声をかけてきたのだから、ぽかんとするのだろうと思ったけど、少し違った。表情を曇らせると、反応に困ったかのように、うっすらと愛想笑いのような笑みを浮かべた。

「伏見姫奈さんの、幼馴染で、高森諒って言います」

「あ、やっぱり？　そうかもって、ちょっと思ったの」

愛想笑いがなくなった代わりに、懐かしむように目を細めた。

「わかりますか……？」

「ええ、心良《しんら》くん……あなたのお父さんにそっくりだから」

あー、うちの父さんと幼馴染だったっけ、この人。

美魔女って言えばいいのか。綺麗で物腰も丁寧で柔らかい。職業柄か、声を張っていなくても言葉の一音一音がすごく聞き取りやすい。

離婚してない当時なら、もっと綺麗だったはずなのに、俺はどうしてこの人のことを怖いって思ってたんだろう。

元気してる？　どうしてここに？　今も姫奈とは仲が良いの？　など、普通に話をしていると、自販機を指差した。

「何飲みたい？」

「いやいや、それ用のお金もらってるんで」

「いいの、いいの、遠慮しないで」

じゃあ、と俺はお言葉に甘えてジュースを買ってもらった。

「お父さんの昔の写真、見たことない？　諒くん、すごいそっくりよ」

「そんなにですか」

今、この流れなら言えるかもしれない。

「今、姫奈さんが、女優を目指して芝居を勉強していることはご存じですか？」

「知ってるわよ。父親のほうとは、ときどき連絡を取るから。そのときに」

俺の勝手な推測だけど、たぶん伏見は、いないお母さんのことを知ろうとして、作品を見ていたんじゃないだろうか。

「やめたほうがいいって言っているのだけど、説得するどころか父親のほうは応援するみたいで」

呆《あき》れたように芦原さんは言う。

「そんな夢物語みたいな世界じゃないのよ。何がどうなって今そんなことをしているのかわからないけれど」

そんな言い方ないだろ。思っているような綺麗な世界じゃないってことは、伏見もこの数か月で身をもって知ったはずだ。

それでも、まだ芝居の勉強は続けているし、演劇部から話をもらったときは爛々《らんらん》と目を輝かせていた。

現実を突きつけられてやめるようなら、もうとっくにやめている。

まだ、あがいてもがいている最中だ。

「諒くんからも言ってあげてちょうだい。もしかすると、あなたの話なら聞き入れるかもしれないわ」

言うわけないだろ。なんでそんなことを、俺が。

舌の上に乗った言葉が口を衝《つ》いて出そうになる。

唇に力を入れて、意識的に閉口した。

「諦めたほうがいいことだって世の中たくさんあるんだから」

心配している親って感じがまるでしない。

当事者というより、第三者的な冷たい感情のない意見だった。

俺は話を戻した。

「今度、学祭で自分たちで撮った映画を流すんです。姫奈さんが主演のもので。あと、演劇にも出るみたいで、今気合い入れて稽古しているんです」

「そうなの」

関心はまるでなさそうな相槌だった。

「見てあげてください」

俺は、芦原さんが逃げるようにそらしていた目をはっきりと見つめて言った。

「姫奈のこと、まだ好きなの？」

ぼわっと顔が赤くなるのが自分でもわかった。

それがわかって余計に恥ずかしくなる。

「いや別に俺はそういうアレじゃなくて」

思わず早口になると、芦原さんはきょとんとしてから微笑を浮かべた。

「ふふふ。可愛い」

「いや、本当にホントに。マジで」

なんでこんなにムキになって否定してんだ俺。

違いますよってさらりと流せばいいことだろう。

「だから、その……もし時間があるなら……見に来てもらえませんかって話です」

日付を言うと、芦原さんは高価そうな腕時計にちらりと目を落とした。

「忙しいから無理よ。それに、あの子だって会いたくないでしょうし」

紙コップを持って立ち去ろうとする芦原さんに、俺は最後に言った。

「伏見が母親のことを憎んでるなんて聞いたこと、今まで一度もないです！」

有名女優は立ち止まることなく、来た道を戻っていった。

飲み干したジュースのコップをゴミ箱に捨てて、俺はスタジオへ戻った。もらった一〇〇円は、松田さんに返すことにした。

松田さんはメインカメラの脇に置いてある椅子《いす》に座って缶コーヒーを飲んでいた。

「返します」

「どうしたの。飲まなかったの？」

「芦原聡美さんと自販機で出くわして。それで買ってもらいました」

「あらそう。あの子、今日現場ここだったのね」

「あの子？」

「仲良いの。もう一〇年以上前からの付き合いよ」

意外な繋《つな》がりを持っている松田さんだった。

なんでも、松田さんがモデルをやっていた頃に撮影で知り合ってからの仲だという。まずモデルをやっていたってのが初耳でそっちに驚いた。

「見ず知らずの少年に飲み物を奢るなんて、機嫌でも良かったのかしら」

「一応知り合いなんです」

そこで、俺は芦原さんとの関係を簡単に教えた。

「……そう、伏見ちゃんのお母さんだったの。子供がいるっていうのは知っていたけれど、その手の話、全然しないから」

「そうなんですか。伏見、今学祭でやる演劇の稽古を頑張ってて。たぶんあいつが女優になろうって思ったのって、芦原さんの影響がかなりあるんじゃないかと思ってるんです」

「それで?」

「松田さんから、芦原さんにうちの学祭に来るように言ってもらえませんか？　スケジュールの都合がつけば、ですけど」

からから、と松田さんは笑った。

「嫌よ」

「えー……なんでですか」

「余所《よそ》の家庭に首を突っ込むとロクなことにならないから。アタシにもその話を全然しないのに、そのアタシが言った程度で娘の演劇を見ようとはならないと思うわ」

　確かに。

「過干渉は良くないわ。きゅんが伏見ちゃんのことを大事に思っていることはよくわかるけれど」

「違いますって。なんでそうなるんですか」

　はいはい、と俺の反論はあっさりと流された。

「伏見ちゃんが見てほしいってはっきり願っているなら、協力してあげなくもないわ」

　俺の勝手な暴走でもある、か。

　今のところ、母親の話を直接聞いたことはない。憎んでるって聞いたことがないと芦原さんに言ったけど、本当のところ、どう思っているのか――。

　けど、伏見は思っていることを教えてくれるタイプだから、もしそうなら耳にしていると思うんだよな……。

　俺があれこれ考えていると、松田さんが訊いてきた。

「聡美ちゃん、綺麗でしょ？」

「まあ、はい。芸能人ってすげーんだなって思いました」

「きゅんって、熟女もイケるのね」

「なんでそうなるんですか」

　実年齢の一回り近く若く見えるから、熟女って感じは全然ない。

『ふふふ。可愛い』って言われたときは、変な扉が開きそうになったけど。

「あら。友達の母親って、熟女好きにはたまらないシチュエーションなんじゃないの？」

「あの、熟女好きって前提で話を進めるのやめてもらえます？」

俺のツッコミが嬉しかったのか、ムホホと変な笑い声を立てて松田さんはコーヒーをすすった。

俺はその件について、松田さんに約束してもらった。伏見が芦原さんに見てもらいたいと思っているなら、協力する、と。

「協力するけれど、スケジュールアウトならそれまでよ？」

「わかっています」

もしその気があるなら、伏見の演劇は学祭で終わりってわけじゃない。何度でもこれから見られる機会はある。

「きゅんは進路どうするつもりなの？」

「はい？」

松田さんらしからぬ質問に俺は目が点になる。真面目《まじめ》な話はこれまでもあったけど、この切り口ははじめてだった。

「進学ですかね……？」

ぼんやりと濁したけど、同じ大学に行くという約束を伏見としている。何大学でどの学部かなんて全然決まっていないけど、それだけは決まっていた。

「夏休みが終わっても、なんだかんだ言ってアタシのお手伝いしてくれているでしょ？　このままうちに入ったらいいのに、と思ったのよ」

俺が構えたほど真剣な話じゃなかったらしく、松田さんは「できるなら進学したほうがいいわよね、そりゃ」とひとり言をつぶやいた。

午前中からはじまった撮影は夕方頃にようやく終わり、俺は松田さんに家まで送ってもらった。

街並みにそぐわない高級セダン車が去っていくのを見送ると、俺はすぐに伏見に電話をした。

『どうしたの？』

「今、ちょっとだけ時間いい？」

『？　うん』

今は家にいるらしい。俺は今日バイトで自分が行った場所を説明した。話の流れもちょうどよかったので、芦原さんに会ったことも教えた。

『……そうなんだ』

強張った声を聞いて、電話でする話じゃないなと直感した。

伏見家に行くことを伝えて電話を切り、ものの数分で到着する。チャイムを鳴らすと窓から伏見が顔を出した。

「入って」

手だけで会釈をして、家に入るとやってきた伏見の部屋前で一応ノックをした。どうぞの声が聞こえ扉を開けた。

「話の続きだけど――」

俺は今日あったことを順に話した。

芦原さんにたまたま出くわしたこと。伏見が女優を目指していると知っていること。芦原さんが松田さんと友達であること。

「今まで、伏見から母親のことで話を聞いたことがなかったから、どう思ってるのか気になったんだ」

ほとんど会うことはなかったと言うし、母娘仲が良いとか悪いとか、そういう次元じゃないんだろう。

「伏見が女優に憧れているのって、芦原さんの影響？」

黙っていた伏見は、クッションを抱いたまま、小さくうなずいた。

「はじめて演劇を見たのがきっかけって言ったかもだけど、それも理由のひとつ」

「芦原さんに映画と舞台見に来てもらおう」

俺が提案すると、ぶんぶん、と伏見は首を振った。

「いやいや、いい、いいっ、大丈夫。きっと忙しいだろうし、ほぼ素人の小娘のお芝居なんて、プロ中のプロからしたら見るに堪えないと思うし……」

逃げるように伏見はクッションに顔をうずめた。

「わからないだろ、そんなこと」

「わかるもん！」

「なんでだよ。何か言われたことがあるとか？」

顔は上げないまま、クッションに顔をこすりつけるように首を振った。

なら、芦原さんが実際見て、何を思うかなんてわからないだろう。

「映画の講評でも伏見の演技は好評だったし、堂々としていいと思うんだけどな」

そのことを思い出したのか、ぴくりと反応する伏見。

「諒くんは、どうしてわたしのお芝居をお母さんに見せたがるの？」

まあ、そうなるよな。はっきり言えば伏見母娘に俺は無関係だ。

「結果的にどう思うか別として、特別に思っている人には、自分のイイトコロって見せたいんじゃないかなって思ったんだ」

小学生の授業参観にやってくるのは伏見家は父親だった。伏見は例外なくはりきって挙手しまくって、先生を苦笑させていたくらいだった。

伏見はそういうやつだ。

俺は伏見のそういう性格を昔から知っている。斜に構えるでもなく、真正面から自分を見てもらおうとはりきるような、そんな女の子だ。

だから、これに関して伏見が遠慮しているのが、俺には不自然に映る。

「……わたし、お母さんとの思い出がほとんどなくて、おばあちゃんが良く言っているのを聞いたことがないから、ちょっと怖いの」

俺は黙ったまま伏見の話に耳を傾けた。

「今までも諒くんにお母さんの話をしてこなかったのは、思い出がないっていうのもある。あと周囲の人の印象が良くないから、諒くんも同じふうに思ってたとしたら、それが嫌だったから。……でも、本当はすごいんだよ。お母さん」

「知ってる。すげー綺麗だったし」

そういうことじゃないらしく、伏見には微妙な反応をされた。

「見た目もあるけど、わたしが言っているのは、お芝居のことだから」

それから伏見は、母親がどんな人なのか興味を持ち、出演作を見るようになり、次第にその仕事に憧れるようになったという。

好きな映画を語るように、伏見は熱っぽく言葉を次々に発する。

俺の予想はそのまま当たっていた。

周囲の人がなんと言おうと、伏見にとって母親は、思い出なんてなくても自慢の母親だった。

「お母さんでもある前に、すごい女優さんだから、わたしのお芝居に時間を割《さ》いてくれるのは申し訳ないっていうか……」

　ここまで発言がネガティブになるのは珍しかった。それだけ伏見にとって神経質な話題なのだとわかる。

「俺は、個人映画も学祭映画も、胸張って他人に見てもらえるものに仕上がったと思ってる。それは伏見に演じてもらったからっていうのも、自信に繋がってるんだと思う」

　伏し目がちだった視線が、ようやくこっちを向いた。

「オーディションにも受からない程度なんだよ？　諒くんが幼馴染補正入ってるだけかもしれないし」

　真偽を問う真っ直ぐな目に、俺も応《こた》えた。

「補正が入ってたとしても、実際第三者にも伏見の存在感や芝居は評価された」

　幼馴染同士って似てくるのか……？

　一時期疎遠になっても、長い時間一緒にいると思考まで似てしまうもんなのか？

　学祭映画を撮る前の俺みたいなことを、伏見が言っている。

「あれは、諒くんのプランが上手くハマったのであって……嬉しかったけど、わたしじゃなくても賞は取れたと思うよ」

「そんなことねえよ」

　ちょっとした経験があっても、幼馴染や周囲が褒めても、それ以外の人にどう見られるのか、評価が怖くて考えが後ろを向く――。

あのときの俺がそうだったように、今の伏見がそうなら。

言ってくれた言葉を今返そうと思う。

「大丈夫。俺がついてる」

伏見が目に力を入れている。瞳からは涙がじわりと盛り上がり、そして流星のように目尻をすっと流れた。

「そんなカッコいいこと言っても、ダメだから」

「伏見が認めてくれたから、俺はああやって映画を撮って今こうなってる。でなけりゃ、撮影スタジオなんて松田さんも連れていかないよきっと。全部、伏見があのとき俺を励ましてくれたから」

伏見はまたぽろぽろと涙をこぼしながら拭った。

そばに行くと、そっと抱きついてくる。

俺はぐすぐすと鼻を鳴らす伏見の髪の毛を撫でた。

「わたしは――、わたしがお母さんをすごいと思っているみたいに、お母さんにとっても自慢の娘になりたい――」

自分で想定しているハードルが、飛べないのが怖い。その気持ちは俺もよくわかる。

そのハードルのそばまで行ってみないとわからないこともたくさんある。それが経験した上で俺が思ったことだった。

「何も恥じることはない。もし何かあるんだったら訊いてみよう。プロなんだし、なんか教えてくれるだろ」

伏見が顔を上げるので、俺は快活に笑う。

「伏見のカッコいいところ、芦原さんに見てもらおう」

「……………もし、けちょんけちょんに批判されたら、慰めてね?」

上目遣《うわめづか》いで不安げに俺を覗いてくる伏見。俺は笑って返す。

「ないと思うけど、そのときはなんでも付き合うよ」

「じゃ、決まり。わたしは、イイトコロを見せられるように、頑張るから」

伏見が腹をくくった。

「まあ、まだ見に来るかどうかは決まってないけどな」

「諒くん……決意に水差すようなことをいきなり言わないでよ」

わりぃ、と俺が軽く謝ると伏見がぷふっと吹き出した。

③ それぞれの

伏見《ふしみ》が見に来てほしいと意思表示をしてから、俺《おれ》は松田《まつだ》さんに連絡を取り芦原《あしはら》さんにその旨を伝えてもらうことにした。

「行くかしら、あの子」

と松田さんは芦原さんが来ることに対して懐疑的だった。

その頃には、作製していた映画の宣伝用のチラシも完成していたので、松田さんにもそれを送ってあった。

主演の伏見が一番目立ち、助演のヒメジがいるというのがわかる構図で、よく撮れている一枚だった。

「あれでお客さんは来るでしょうか?」

放課後。残って学級日誌を書いている俺に、ヒメジは疑問を口にした。

「たぶん来るよ」

どうせ『私をメインにしたほうが集客力は高いのでは?』とか言い出すんだろうな。

「私をメインにしたほうが姫奈《ひな》よりも集客力は高いと思いますよ?」

本当に言ったよ。らしい発言だな。

「主演が一番目立つのは当然だろ。ミュージカルの舞台だって、ヒメジがデカデカと広告に載るんだろ？」

「まあ、私なので」

当然ですと言いたげだった。その意味不明なほど過剰な自信を今の伏見に分けてあげてほしい。

学級日誌を書き終えると、荷物をまとめて席を立つ。

伏見は、最近放課後は演劇部の稽古。なので帰り道はほとんどヒメジと一緒に帰っていた。

「帰ろう、ヒメジ」

「はい」

鞄《かばん》を持って教室を出ると、何かを思い出したようにヒメジが声を上げた。

「あ。……今日は図書室の日なので、そちらへ行ってください」

「図書室の日？」

なんだそれ。

「行けばわかります」

まあ、と前置きをして、勝ち気な笑顔でヒメジは言う。

「どぉーしても藍《あい》ちゃんと一緒に帰りたいというのであれば、無理強いはしませんが」

行けばわかるって言うから、たぶん鳥越《とりごえ》がいるんだろう。

たしか放課後の当番は今日だった。

「じゃあ、行ってみる」

昇降口でヒメジと別れて、俺は職員室のワカちゃんの席に学級日誌を置いて、図書室へと向かった。

扉を開けてすぐのカウンターには、案の定鳥越が一人で座っていた。小説らしき文庫本を読んでいる。

「暇そうだな」

声をかけると、鳥越が文庫本から顔を上げた。

「いらっしゃい。何か借りる？」

「いや、ヒメジが今日はこっちだって意味不明なこと言うから」

「ヒメジちゃん……」

まったく、と言いたそうに鳥越は険しい顔でこめかみを押さえる。

「もうちょっと上手《うま》く………」

はぁ、とため息をついた鳥越は、気を取り直したように隣の席を勧めた。

「委員でもないのにいいの？」

「うん。司書の先生がときどき来るけど、今日はいないみたいだから。いたとしても、怒られるようなこともないし」

それじゃあ、と俺は隣の席に座る。

カウンターから見える自習スペースでは、三年らしき数人が勉強をしていた。

昼休み同様、俺はあくびをしながら外の風景を眺めて、鳥越は文庫本に集中をしている。ふと気づくと、ぺらぺら、とページをめくる音がいつの間にか聞こえなくなっていた。

そして、鳥越はぱたんと本を閉じた。

「た、高森《たかもり》くん」

「おん？」

「データ、送ってもいい？」

不思議に思ったけど何のデータかは訊かなかった。鳥越の緊張している様子からして、おかしなものを送りつけると思えなかったのだ。

「どうぞ」

「じゃあ、うん」

すぐに鳥越からデータファイルが添付されたメッセージが届く。中を開くと、文章が書かれていた。

「か、書いたんだ」

「これ、小説？　書いてたんだ」

照れくさそうに、鳥越は小さくうなずいた。

やろうとしていることってこれのことだったのか。

「……うん。短いけど、書いた。……高森くんに最初に読んでほしくて」

「俺、全然わからないけどいいの？　伏見とかじゃなくて」

伏見のほうが色々と意見を言ってくれそうだけど。

「うん」

さっそく読もうとした俺の画面を、鳥越が慌てて隠した。

「あっ、今じゃなくていいから！　時間あるときでいいから！　目の前で読まれるの、キツいから！」

「読んでほしいって言うから今読んで感想言ってほしいんだとばかり」

「そう思ってたけど、無理だった。むずがゆい」

あぁ、それちょっとわかるな。映像を見てもらうときがそうだった。どんな顔して待っていればいいのかわからない。

「じゃあ帰ってから読ませてもらうわ」

「そうして。……何もないの、私だけだったから」

「小説を書いた理由？」

「ひーなもヒメジちゃんも、同じだった高森くんでさえやりたいことがあって……」

「本人の前で『高森くんでさえ』って言うなよ」

ごめんごめんと鳥越は小さく笑った。

「私も何かやってみたいなって思って。そうやって勇気が出たのは、高森くんのおかげだよ」

「俺は別に何も……」

「つまんないかもしれないけど」

「予防線張らなくてもいいよ。気持ちは俺もよくわかるから」

苦笑する俺に鳥越は言った。

「褒めてね。めちゃくちゃ。私、高森くんに褒められたらなんでもできそうだから」

「あぁ、可愛《かわい》いとかそういう……?」

目をぱちくりさせると、徐々にその顔を赤くしていった。

「えっ……そっ、そういうのじゃ……それでも、いいけど……」

声を小さくしていく鳥越に一応言っておく。

「あ、キャラの話な」

「…………だ、ダヨネ」

全然『だよね顔』じゃなかったけどな。

げし、とつま先を蹴《け》られた。

「なんだよ、おい」

「勘違いさせてきた」

「勝手に自分のことだと勘違いしたのはそっちだろ」

「ドキってしたじゃん……っ」

　その発言にこっちもドキっとしてしまう。

「……明日、遊園地だね」

　出口《でぐち》発案で、夏に海に行ったメンバーで行くことになったのだ。他のクラスはこの時期休日も学校にやってきて学祭の準備をしているクラスがほとんどだけど、うちは前日に教室を映画館風に整えるだけでいい。

「遊園地なんか子供のとき以来かも」

「私も」

　行き先は、近隣住民なら一度は行ったことがあるだろう小ぢんまりとした遊園地だった。

　茉菜《まな》にこのことを話したらテンション爆上がり。すげー楽しみにしていた。

「お昼ご飯作っていくから」

「鳥越が？」

「うん。マナマナには、半分くらいでいいって言っておいて」

　鳥越も普段と表情は変わらないけど、かなり楽しみにしているらしかった。

　図書室を閉める時間になり、館内を簡単に見回り誰《だれ》もいないことを確認して、鳥越が鍵《かぎ》を閉める。

鍵を職員室に返してきた鳥越と昇降口で合流すると、二人で学校をあとにした。

「もうかなり暗いな」

「うん。委員の仕事終わらせると外はいつもこうだから」

「送ろうか?」

鳥越家は、学校からそこまで遠くなかったはず。

「遠慮しないよ?」

「ああ、うん。どうぞ」

「じゃあ、家まで、お願いします……」

俺は鳥越を家まで送ることにした。

いつも通り適当な雑談をして鳥越家の玄関先で別れた。駅へ歩きだし、振り返ると家の中にまだ入らない鳥越が小さく手を振っていたので、俺も手を振り返した。

『早く家入れよ』

メッセージを送ると携帯を取り出した鳥越がすぐに返してきた。

『そっちこそ早く帰りなよ』

声を出すのは憚《はばか》られたのでメッセージでそんなやりとりをして、また最後に小さく手を振って帰っていった。

土曜日だっていうのに、学校に行くような時間に起きて出かける準備をする。

俺よりも一時間以上早く起きていた茉菜は、俺が起きた頃には弁当の準備をすでに済ませていて「今日も傑作。ギャル弁当～」と朝からご機嫌だった。

ギャル弁当っていっても、そこらへんの母親が作ったような弁当と遜色がないんだけどな。

ヒメジと伏見がうちへやってくると、恒例になってしまった伏見のファッションチェックを茉菜が入れる。

「全没ではないかなー？」

「やったー」

まあ、まあままあまあ……百歩譲れば当初のインパクトはなくなっている、か。

「わたしも成長するんだから！」

得意げな伏見の横で普段と同じく大学生みたいなオシャレな格好をしているヒメジが眉《まゆ》をひそめている。

「え。だいぶダサいですよ？」

いいんですか、これ？　と目で茉菜に訴えている。

「面白《おもしろ》ファッションではなくなったからね」

「そうだな」

茉菜の意見に俺も同意する。

「面白、ファッション……?」

他国語を聞いたかのようにヒメジは首をかしげている。

「茉菜ちゃんについに褒められた！　嬉《うれ》しい！」

そんな大喜びするほど、茉菜は褒めてないぞ?

「姫奈ちゃん、でも着替えるよ」

「なんで⁉」

「全没じゃないだけだから。面白ファッションからダサいに進化したっていうだけだから」

ダサいに進化……。普通なら退化だけど伏見の場合はそうだ。

えぇぇー?　と不満げな伏見を連れて、茉菜は自分の部屋がある二階へ上がっていった。

「私の服装はどうですか?」

くるりとヒメジが玄関で回ってみせる。

白いブラウスにロングスカート、足下はショートブーツを履《は》いていた。全体的に秋の季節感が漂っている。

高校生じゃ買えないような服を買っているって感じ。あからさまに高そうという雰囲気ではないあたりに、センスのようなものが窺《うかが》えた。

「高校生には全然見えない」

「……老けているってことですか」

即ジト目で責められる。褒めたんだけどな。

「大人な雰囲気があって良いっていう意味」

伝わってくれ。ディスってるんじゃないんだ。

「それならそうとはじめから言ってください」

褒めたのにこっちが責められるのなんでなんだ。

「お待たー」と茉菜が軽《かろ》やかに下りてくる。続いて着替えた伏見もやってきた。

さっき着ていたほとんどが変わっている。

「全没じゃないって何を指して言ったんだ……？」

間違い探しか？

「あ。諒《りょう》、見てください。靴下！　靴下が変わっていません！」

ピンポイントすぎだろ。着替える前を覚えてないからわかんねえよ。

「ダサ姫奈からシャレ姫奈に進化したよん」

学祭映画でヘアメイクをやっていた茉菜の手にかかれば進化を促すことなんて容易《たやす》いことらしい。

長袖《ながそで》のニットにひざ丈のフレアスカートに着替えている伏見。

「わたしはそんなに変わったかなー？　って感じなんだけど……」

　当の伏見は納得いってないらしい。

「こっちのほうがいいよ」

　女子のファッションはわからないので、俺は控えめに褒めた。

「圧倒的にこっちのほうがいいです。さすが茉菜です」

　控えめに褒めなかったら、俺もヒメジ同様こう言って茉菜の手腕を褒めただろう。

　化粧も変わったのか、伏見の顔立ちの雰囲気が華やかになっている気がする。

「まあ、二人がそう言ってくれるなら」

　不承不承《ふしょうぶしょう》といった表情で伏見はうなずく。

　賛成多数で個性派の少数意見を押し流すことになった。

　伏見のファッションって、着替える前後で結構変わるから見ごたえあるんだよな。

「急ぎましょう。待ち合わせに遅れます」

　ヒメジの声に、時計を見ると家を出る予定時間より遅れている。

　俺たちは家をあとにして電車で遊園地最寄り駅まで急いだ。


　我が家から約一時間ほどで目的地の遊園地に到着。

入場手続きを済ませ園内に入り、地図をみんなで眺めていた。

すでに鳥越篠原《しのはら》出口とも合流をしている。思った通り、ここへはみんな一度くらい来たことがあったようだ。

俺と茉菜、伏見ヒメジは、小学生のときに、地域の子供会で一度来たことがある。

あのときはめちゃくちゃでかく感じたのに、今は小さく感じた。

「こんなにちっちゃかったっけ」

俺が思ったことを伏見が代弁してくれた。

「あたし全然覚えてないんだけど」

「私たちが小一くらいだったので、茉菜はまだ幼稚園でしたね」

そうだっけー？　と幼馴染三人は思い出話で盛り上がっている。

「土曜日だっていうのに、全然混んでねえな」

と出口が周囲を見回して言う。

「子供と家族連れくらいしか来ないからだろ」

そういう地域密着型の遊園地だった。

「ジェットコースター、あれ、もうジェット感あんまりないな」

ゴォォォ、と音を立てて滑り落ちてくるジェットコースターは、昔よりもなんだか遅く見える。

経路を簡単に決めると、最初のアトラクション……そばにあったジェットコースターに向かって歩きだす。

「私は遠慮しておくわ。ベンチから眺めているから。みんなで乗ってくるといいわ」

「えー？　そんなこと言わないで、親方も乗ろうー？」

「茉菜ちゃん、親方って呼ぶなって何度も言っているでしょ」

「そんな怒んないでよ」

もぉ、と茉菜が唇を尖《とが》らせている。

「諒くん、絶叫系得意だっけ？」

伏見が不安げに尋ねてきた。

あ、そういえば伏見は……。当時の思い出が呼び起こされる。

「俺は得意ってほどじゃないけど苦手でもないかな」

「姫奈は昔、あのジェットコースターに乗ってよっぽど怖かったらしく――」

「あーあーあぁぁぁぁ!?　い、言わないでいいからぁっ！」

慌てて伏見がヒメジの口を塞《ふさ》ぐが遅かった。

「ひーな、何かやらかしたの？」

鳥越の目が完全に笑っている。

「な、ナンのハナシ、ですか……」

完璧《かんぺき》美少女と名高い伏見の完全なる黒歴史だった。

それがどうやらトラウマらしく、伏見も見学したそうだった。

「無理に乗らなくていいんじゃない。また、ほら、な？」

「諒くんも笑ってる⁉　あのときは、ちょっとだけだもん！」

ちょっとでもアウトはアウトだろ。

「あ、そうだ。姫奈ちゃんが大号泣してたの覚えてる！」

「なんで茉菜ちゃんも余計なことばっか覚えてるかなー？」

笑顔だけど、なんか迫力があった。

「今思えば可愛いもんだろ。漏《も》らして大号泣とか」

俺もそれは覚えている。ちょっと漏らして大号泣する伏見。

「タカリョーは、漏らす子が可愛いって思うの……？」

うわぁ、って目ではなく、虫を観察する研究者みたいな目で篠原が訊いてくる。

「そんなわけないだろ。怖くてビビって大惨事を起こして号泣している子供がってことだよ」

心外すぎる。俺の性癖をなんだと思ってるんだ。

そもそも俺の性癖ってなんだ……⁇　いや哲学してる場合じゃないな。もうすぐ順番が回ってくる。

「うう、どうしよう……」

弱りきった表情で伏見がつぶやく。数人しかいなかったジェットコースターの列は、すでになくなっている。

鳥越とヒメジが無言で目を合わせたのがわかった。

「ひーな、本当に無理しなくていいよ」

「誰も無理強いしませんから。美南《みなみ》さんと見学してたらどうですか」

篠原はすでにジェットコースター近くのベンチに移動している。

ジェットコースターがスタート位置にゆっくりと戻ってくると、ヒメジと鳥越が先に乗り込んだ。二人とも同じシートではなく前後に座っている。

ちらちら、と視線を感じた。

「じゃ、鳥越氏の隣は、オレが……」

バイクがアクセルを吹かしたのかってくらい、大きな咳払《せきばら》いを鳥越がした。

気にせず出口が隣に乗り込んで「うわぁ、緊張するわぁ」とのん気な声を上げている。

「諒。早く。発車してしまいます」

ぺしぺし、とシートを叩《たた》いてヒメジが急かす。

「仕方ないなー藍ちゃんは。今回はにーに貸してあげる」

茉菜がヒメジのほうへ俺の背を押した。

「デグー、あたしがシズの隣だから」

「なんでだよ。オレ一人じゃねえか！」

「いいじゃん。どうせセクハラ目的だったんでしょ」

「違うわい！」

そんなふうに騒ぐ出口をよそに、係のお姉さんの説明がはじまった。

最前列に座ったせいか、見通しがすごくいい。

俺が座ったあと何か言うかと思ったヒメジは、顔を硬くして黙ったまま。

「大丈夫か、ヒメジ」

「じゃ、ぢゃ、だ誰に、言ってるんでしゅか」

「口元ふにゃふにゃじゃねぇか」

下げられた安全バーを片腕でぎゅっと握るヒメジは、もう片方の手で俺の手を取った。その手が冷たくかすかに震えていた。

「このままで、いいですか？」

すがるように俺を見上げる困り顔のヒメジ。

いつも自信満々のヒメジに頼りにされていると思うと、悪い気はしない。

「これで、死ぬときは一緒です……」

「縁起でもねえこと言うなよ」

そんなこと言うからこっちまで緊張してきた。

お姉さんの「いってらっしゃーい」と元気のいい声がする。ジェットコースターが動きはじめゆっくりとカタカタカタカタと音を立てながら坂を上っていった。

「諒……！」

「な、何」

会話の余裕がないのでぞんざいな返事になった。それでもヒメジは俺の手を強く握ったままだった。

「私、あの、私っ……」

そのとき、頂上にやってきたジェットコースターが一気に坂を滑り落ちる。

「あ――――きゃぁあああああああああ⁉」

何かしゃべろうとしたはずのヒメジの悲鳴が聞こえて、後ろでは茉菜がその様子をギャハハハと笑う声がした。

速度と遠心力に振り回されながら、目まぐるしく変わる景色の中、一瞬ベンチにいる伏見と篠原が見えた。

携帯を構えてこちらを撮っているらしい。

いまだにヒメジの悲鳴は止《や》まない。さすが、ミュージカルで主演するために稽古してるだけはある。声がよく通る。

最後のカーブを曲がり減速していくと、さっきと同じように「お疲れ様でした～！」とお姉さんが元気よく労《ねぎら》ってくれた。

安全バーがゆっくりと上がりシートから降りた茉菜がうんと伸びをした。

「はぁ〜。ウケた。超ウケた」

面白がるポイントが、ジェットコースターよりもヒメジになっていたらしい。

「マナマナ、ヒメジちゃんが可哀想《かわいそう》だから」

案外平気だったのか、鳥越も降りる。平静を装っているけど、足が震えていた。

「久しぶりだったけど、緊張したしビビったわ」

やれやれと俺も降りるようとする。気になって隣を見ると、ヒメジがしくしくと涙を流していた。

泣いとる⁉

「藍ちゃんガチ泣きじゃんっ」

ぷすす、と茉菜が今にも吹き出さんばかりに笑っている。

「そんな怖かった？」

俺の問いかけに、ぐすん、と鼻をすする音で返事をするヒメジ。

「話はあとでな」

座りっぱなしは迷惑になる。先に降りた俺は手を伸ばして、ヒメジの手をまた握りシートから引っ張り出した。

るんだが」

「なんなんだろう。強キャラ感抜群の姫嶋《ひめじま》さんがしくしく泣いているのって、キュンってく

知らねえよ。ようやく涙が止まったヒメジがつぶやいた。

「私がもしこのジェットコースターの事故で死んでしまったら、舞台関係の色んな人に迷惑をかけてしまいますから」

心配してたのそこかよ。

伏見と篠原と合流すると、やっぱりムービーを撮っていたらしく、それを見せてくれた。

ゴォォ、という物音を切り裂くように「きゃぁぁぁ⁉」というヒメジの悲鳴が響いている。

「貴重なヒメ様の大絶叫……」

篠原がいと尊しと合掌しそうなくらい優しい目で再生動画を見ている。

「藍ちゃん、大丈夫だった？」

伏見は普通に心配していた。

「け、消してください！　今すぐ消してくださいっ！」

篠原の携帯を取り上げると、ヒメジが動画を削除した。

「あたしには、一生残る思い出になったよ。藍ちゃん」

茉菜のすげーいい笑顔だった。煽り耐性ゼロのヒメジは、簡単に食いついて反論をはじめた。

「美少女たちがやいのやいのやって、賑やかで、しかも遊園地……。こんな世界線がオレにも

あるんだなぁ」

出口はしみじみとこぼす。

次はコーヒーカップ。待ち時間ゼロでこれは茉菜と乗った。

「ひゃはぁー！」

調子こいて茉菜が序盤から全力でハンドルを回すせいで完全に酔った。

「逆回転したらプラマイゼロ！」

「や、やめろ……全部マイナスだから――」

グロッキーな俺の声など届かない妹様は、目をキラキラさせながら、今度は思いっきり逆回転をさせた。

……当然悪化した。

終わってみれば五分程度だったアトラクションは、俺にとっては一時間くらいに感じた。

「高森くん、顔白い」

「写真を撮っておきましょう」

「いいね。コーヒーカップで死にかけている諒くん、と」

俺が無抵抗なのをいいことに、みんなが遠慮なくぱしゃぱしゃと撮っていく。やめろって言う元気もなく、覚束《おぼつか》ない足でベンチにようやく座った。

「三〇秒後にKOされるボクサーみたいね」

俺の様子を篠原が上手く例えた。何か言い返す余裕もなく、しばらく休んでいるとようやく俺の平衡感覚と気分が元に戻った。

「そういや、ヒメジ、ジェットコースターで何か言おうとしてなかった?」

「え?」

「あたしもそれ聞こえた。坂を降りるちょっと前だよね」

「私も」

後ろにいた茉菜と鳥越もヒメジの話が聞こえていたらしい。思い出すような間が空くと、ヒメジがうっすらと頰《ほお》を赤くした。

「………何も、別に……言ってませんけど」

「いやいや絶対嘘《うそ》じゃん」

茉菜が即座に追求すると「アイス買ってきます」と逃げるようにヒメジが売店へ向かう。茉菜と鳥越が目を合わせるといたずらを思いついたように笑った。ヒメジを追撃するように二人はあとを追いかけていく。

「わたし飲み物買ってくるけど何か飲む?」

ベンチ付近に残った俺たちに伏見が言うと、俺も腰を上げた。

「一人じゃ大変だろうし、俺も行くよ」

「うん。ありがとう」

と言っても、出口も篠原も飲み物は要らないらしく、自分たちの分を買えばいいだけで、俺にとってはほとんど気分転換みたいなもんだった。

自販機を探してうろうろしていると、お化け屋敷の前を通りがかった。

伏見が俺の手を取って立ち止まる。

「諒くん、ついでに入らない？」

「ついで？」

「二人で。……嫌？」

少し心配そうな上目遣《うわめづか》いでそんなふうに尋ねられれば、嫌とは言えなかった。

化粧なのか服装なのか、見慣れている制服じゃないせいか、今日は一段と可愛く見える。

「嫌じゃないよ」

でもみんなが待っているんじゃ、と言おうとしたけど「じゃ行こう」と伏見は遮《さえぎ》るように腕を絡《から》めて歩きだした。

みんなでどこに行くか話しているとき、お化け屋敷は好き嫌いがはっきり分かれたので、候補からはじめのうちに除外されていた。

「伏見って怖いの大丈夫だったっけ」

夏祭りのときにホラー映画を見ようとして、途中でギブアップしたことを思い出した。

「あんまり……」

あんまりってことは、相当無理ってことだな。なんとなく。

午前中とあって、お化け屋敷は空いていた。コンセプトは廃病院。受付で係の人に事務的なルート説明と懐中電灯を渡される。

「三枚のお札が中にあるので、それを取って脱出してください」

そういう設定らしい。

インカムで何かやりとりをすると「ではどうぞ」と中に入るように促された。

伏見は、説明の途中から俺の腕にしがみついたまま。

「また漏らさないだろうな」

「…………」

漏らさないから！　っていうのを待っていたけど、全然何も言わない。

「と、トイレ、行っておけばよかった……」

伏見、涙目だった。

「万が一が起きれば黒歴史じゃ済まなくなるぞ、伏見」

「私だって大人だから、もう……」

「だよな。大人ならそんなことにならないよな」

そこまで言えるなら大丈夫だろう。

数歩進むと、ギィと軋《きし》んだ音を立てて背後の扉が閉まった。

「あっ……あぁぁ――閉められたぁぁぁぁぁ⁉」

「説明してたよ。閉めるって」

開けていると外からの光が入ってしまう。明かりがほとんどない薄暗闇《くらやみ》の廊下を、伏見のペースに合わせてゆっくりと歩いていった。

どこからか聞こえる水音、ひんやりした冷気が首元を通り抜ける。

ヒョロロロ～、みたいな安っぽい効果音は鳴らず、子供だましではなくガチだとわかった。

「設定変じゃない？　お化けが出る場所のお札を取るって、死亡フラグにしか聞こえないよな。封印しているとかそういうお札じゃないんだろうけど」

「え、ああ…………うん、そだね」

上の空の伏見は、まだぷるぷる震えている。しがみつくのをやめないし、俺を杖《つえ》代わりにしているのか、生まれ立ての子鹿みたいに足下が頼りない。

診察室、霊安室、手術室の三か所にそのお札はあるらしい。簡単な地図を見ながら俺はぽつりとつぶやく。

「アドベンチャー要素がちゃんとあるんだなぁ」

「感心しなくていいから……」

ぺちゃ、ぺちゃ、と水音を立てながら元患者らしき女の幽霊が向こうから歩いてくる。

「あーっ⁉　あーっ、あぁぁあ⁉　ええ、えええええ⁉　りょりょりょ、ろろろろ、ろうくん！」

パニクりすぎだろ。ろうくんて。

「落ち着けって」

伏見は俺と壁の隙間《すきま》に入り込む。完全に俺を盾にする気だった。

ゆっくりと女の幽霊がこっちにやってきて、すれ違う瞬間だった。

「ウワァァァォォオ！」

ゾンビみたいに顔をこちらに突き出して鼻先まで幽霊の顔が迫った。

「うわあっ⁉　び、びっくりした……」

そういう脅かし方だったらしく、終わると歩き去っていった。

ああいうとき、目を見てしまう。ああ、ここで働いているキャストなんだなって思って変に安心してしまう。

そういや、芸能事務所にもテーマパークのバイト募集の案内が来るって松田さん言ってたっけ。あの幽霊さんも、どこかの駆け出しの劇団員だったりタレントだったりするんだろうか。

バックボーンまで想像しはじめると、さっきの驚きはすぐになくなった。

「え、何、何⁉　何が何⁉」

俺をガクガク揺すっている伏見。目をつぶっていた。そりゃそうなるよ。

「目を開けろ」

顔があるあたりを触って、目を強引《ごういん》に見開かせる。

「何するのっ」

「いてえ⁉」

ぺちんとビンタされた。こっちのセリフだよ。しがみつく伏見を引きずるように俺は先へ進む。

「見ないと逆に危ないよ。足下とか」

注意すると、渋々といった様子で伏見が目をようやく開けた。下を見ると、血の手形が無数に廊下につけられていた。

「諒くんのバカぁあああああああああああああ⁉」

「いや、そういうつもりじゃないんだ。悪い」

タイミングが完全に悪かった。

最初のお札がある診察室では、白衣を着た骸骨が椅子《いす》に座っていた。聴診器を首に提《さ》げているあたり、医者だったっていう設定らしい。

「諒くん、お願いしてもいい……？」

お札は、その医者の背後にある事務机の上に置いてあった。

「仕方ねえな」

いきなり動き出さないか警戒しながら後ろのお札を一枚取る。すると、骸骨がケタケタケタと笑いはじめた。

「わ、笑うんかい……」

そういうパターンか……。ほっと胸を撫で下ろして廊下に戻ると、伏見は相当驚いたらしく、カチーンとフリーズしていた。

それだけでなく白目剝きそうだった。美少女がなんつー顔してんだ。

「美少女が台無しだぞ。起きろ」

「っは⁉」

「行こう。次」

「諒くん、今わたしのこと美少女って言った？」

「言ってない」

打って変わってぽかぽか、と春の日差しみたいな表情の伏見は、ご機嫌に俺のあとをついてくる。次の霊安室では、ベッドにたくさんのご遺体が並べられていた。いずれも顔にかけられているはずの白い布巾が外されていた。

「手元のマップでは、あれを元に戻してあげるとお札がもらえるらしい」

「りょ、諒くんに頼りっぱなしはアレだから、次は、わ、わたしが……」

大丈夫かな。チビらなきゃいいけど。

恐る恐る中に入っていく伏見。一枚、一枚、と顔に白い布巾をかけていく。ビビりすぎて上手くかかってない人もいた。そして最後の一枚を顔にかけた瞬間だった。

伏見の腕が遺体に掴《つか》まれた。

「きゃあああああああああああああああああああ⁉」

「うおぉっ⁉」

伏見の声にかき消されたけど、今、脅かし役のほうも伏見の悲鳴にびっくりしてたな……。

そんで、びっくりして手を離しちゃってるし。

室内の一点に照明が当たり、お札の在処《ありか》を示していた。

「し、失礼します……。も、もも、すぐすぐ、もうすぐ出ていきますから……」

首をすくめながら、伏見は出ていくからもう何もしないでと予防線を張っていた。

ひったくるようにお札を回収すると、光の速さで俺のところへ戻ってきた。

「と、取ってきた！」

「ＯＫ。次いこうか」

「褒めてよぅ」

唇を尖らせる伏見の頭を軽く撫でる。それで不満は収まったらしい。

「最後は手術室か」

雰囲気にも慣れてきたのか、伏見は廊下での演出に悲鳴を上げることはなくなっていった。

何かある度《たび》に驚きはしているけど、順応しているようだった。

手術室とわかりやすく書かれた部屋を、扉にある小窓から覗《のぞ》いてみると手術をしている医

者らしき誰かがいる。

「諒くん、一緒に行こう……」

「うん」

ぎゅっと伏見が俺の手を握る。俺も励ますように強く握り返した。

中に入ると、カチャ、とまた扉が閉まり鍵がかかった。

「へっ？」

「お札は――、あった」

医者は、何もする気配がなく、淡々と作業の手を動かしている。手術道具の上にお札はあった。

「すみません、失礼します……」

こっそりと取ると、それが合図だったのか、扉がドンドンと叩かれ、何人も幽霊が扉の窓からこっちを覗いていた。

「いやぁあああああああああ⁉」

少し離れていた伏見が秒で俺にくっついてくる。

「君タチハ、ココニイテハイケナイ。早クココカラ出テイキナサイ……」

声が聞こえた。

「え、なんて？」

「今何か言った？」

「君タチハ、ココニイテハイケナイ。早クココカラ出テイキナサイ……」

ああ、ここから出ていけってことか。指差した先は非常用出口と書いてあった。

「行こう」

俺は伏見の手を引いて非常用出口から手術室を出ていった。廊下に出て矢印の方角へ進んでいくと、お化け屋敷から出ることができた。

「出られたぁあ！」

奇跡の生還とでも言いたげな伏見は、気持ちよさそうに日光を浴びている。

「いや、ほとんどの人は出られるようにできてるから」

回収したお札は設置されていた簡易的な回収ボックスに入れた。

「最後のお医者さんって何者だったんだろうね」

「死んでもなお、患者を治療する医者の幽霊ってことじゃないの。適当だけど」

「あー。ロマンチック。誇りを持っているプロって感じ」

ロマンチックなのかはわからないが、たぶんお助けキャラみたいな役回りだったんだろう。

ようやく本来の目的である自販機までやってくると、缶ジュースを伏見は選んだ。道端にある値段より数十円も割高だけど買わざるを得ないのが悔しい。

ガコンと落ちてきた伏見の缶ジュースを取り出すと、俺はプルタブを引っ張って開けてやった。

「あ、ありがとう」

「いいえ」

よっぽど喉《のど》が乾いたのか一気に飲み干していた。

「生きてる〜」

「缶ジュースで生を実感するのやめろ」

苦笑しながら、俺はペットボトルのお茶を買って二口ほど飲む。そうしていると、俺たちを見つけた五人がこちらへやってきた。

「何してたんですかー？」

ヒメジと茉菜、鳥越はカップアイスを食べていた。

「自販機探してたら、なかなか見つからなくて」

さらりと伏見が嘘をついた。

俺が今嘘ついたな？　って目で隣を見るとそれに気づいた伏見がちろりと舌を出した。

「少し早めのお昼にしようってことになったのですが」

俺たちがいない間にまとめられた意見をヒメジが代表して言う。あと二〇分ほどで正午だから、さほど早くもないだろう。

俺と伏見は反対することはなく、茉菜と鳥越が作ってくれた弁当を食べられそうな場所……

あらかじめ目星をつけていたのか、鳥越が「あっちのほうに飲食用のスペースあるみたいだから」とすぐに教えてくれた。

「シズが本気出してきてる」

ししし、と茉菜が忍び笑いをこぼしている。

「しーちゃん、料理できるって茉菜ちゃんの前では言わないほうがいいよ」

伏見が注意すると鳥越は首を振った。

「大丈夫。マナマナとは一回勝負しているから」

「あたしの圧勝だったけどね！」

そんな判定はした覚えないぞ？

少し傷んだ白い椅子に白い丸テーブルが並べられている飲食スペースにやってくると、茉菜と鳥越が弁当を広げた。

「いつの間に料理なんてできるようになったの？」

篠原が鳥越に尋ねている。

「まあ、そりゃちょっとくらいはできるようになるよ」

気恥ずかしそうに濁す鳥越。

「シズは、にーにのポイントを稼ぎにきてるんだよ。このあたしのフィールドで」

本当に料理に関してはうるさい妹だった。

「「……」」

伏見とヒメジがちょっとだけピリついた空気を出したのは、気のせいだろうか。

「わたしもできるんだけど、今日は二人が作るって言うから遠慮しただけだから」

伏見ができるのって、かぼちゃの煮物だけだろ。

「まあ、私がお弁当を作ってしまえば、せっかく作ってくれた二人のお弁当が霞んでしまいますから」

ヒメジは悪い意味でインパクトがあるからな。意味は違うけど間違いではない。

茉菜の料理レベルを一〇段階で九とするなら、鳥越は五、伏見は三、ヒメジは一くらい。比較的常識があってまともな二人が作ってくれる弁当だから、なんの心配もしていなかった。

おかずが被《かぶ》れば食べ比べ。鳥越は鳥越家の味付けで、茉菜はプロよりの味付けでふたつとも食べていて飽きることはなかった。

話題は学祭の話になり、茉菜の進路の話になり、篠原の学校の学祭の話になり、と尽きることがなく、いつの間にか弁当も飲み物も空になった。

「鳥越氏の手作り弁当を食べられて、オレ、幸せだったよ」

遠目でうっすらと微笑む出口は、今世に思い残すことはないらしく、いつ死んでもいいらしい。

「大げさだから」

鳥越が笑う。

「高森くんはどうだった？」

「鳥越んちって、普段こういうご飯食べてるんだろうなって想像できる家庭の味で、美味《おい》しかったよ」

「よかった。がっついてたから、不満はないんだろうなって思ったけど」

がっついてたっけ。腹減ってたからそう見えたのかもな。

篠原が鳥越に手を向けた。

「しーちゃんは、マイペースだけれど、こう見えて尽くす子よ」

「みーちゃん、そういうのいいからっ」

自分に向けた手を鳥越が慌てて押しのけた。

「尽くすとか尽くさないとかの前に、にーにのご飯担当はあたしだから、シズでも無理なんだけど？」

縄張りに入ったら途端に機嫌悪くなる茉菜だった。

そのとき、メッセージを一通受信した。松田さんからだった。

『聡美《さとみ》に何回か電話しているけれど、出てくれないわ〜。折り返しもナシ』

という言葉と、ゆるキャラが目をウルウルさせて悲しんでいるスタンプが送られてきた。

伏見の意向を芦原さんに伝えてもらおうとしているけど、上手くいっていないらしい。

『メッセージを送っても以下同文。だから友達少ないのよぅ』

俺は席を外して松田さんに電話をかける。

「お疲れ様です。すみません、急に」

『いいのよ。今空いているところだから』

「芦原さんの連絡先って、教えてもらうことってできませんか」

個人情報だのプライバシーだの、うるさく言われる昨今。こんなことを言って通るはずがない。どうせダメだろうと諦《あきら》めつつ別の手を考えていると、あっさりと答えが返ってきた。

『いいわよん』

いいんかい。仮にも有名女優なのに。

『親友のアタシを無視した罰よ。うふふ』

「ありがたいんですけど、いいんですか？」

『なぁに？　きゅんは聡美の連絡先で悪さをするつもりだったのぅ？』

「そんなわけないじゃないですか」

『だったらいいじゃない。アタシにとっては友達で、きゅんにとってはなんなの？　テレビで見かける女優？』

「幼馴染の母親です」

『じゃあ気にすることないわよ』

そうだ。女優とかそんなことは抜きにして、俺はただ、はりきり屋の伏見の芝居を母親に見てもらいたい。そしてそれを伏見も望んでいる。

さっそく電話番号をメッセージで送ってもらった。出てくれたらいいわね、とひと言添えてあった。

俺は改めてお礼のメッセージを送る。

土日は忙しいんだろうか、と思ったけどカレンダー通りの仕事じゃないことに気づく。

みんなはまだ同じ場所でワイワイやっていた。

思いきって芦原さんに電話をかけてみる。しばらくすると留守電サービスに繋《つな》がった。

仕事中なのかもしれない。

俺は案内通り、発信音のあとにメッセージを入れることにした。

「突然すみません。高森です。番号は松田さんから訊きました。あの、学祭の件で、伏見、じゃなくて、姫奈さんもお母さんに芝居を見てもらいたいって――」

またピーという音が鳴り、メッセージが中途半端《ちゅうとはんぱ》なところで途絶えてしまった。

「おーい！　たかやーん！　そろそろ次行くぞー」

出口が大声で俺を呼んでいた。俺は「わかった！」と返してショートメッセージを送ることにした。

みんなと合流すると、メリーゴーランドに乗るべく移動をする。どうやら俺が離れていたときにそう決まったらしい。

　高校生にもなって乗りたいやついるのか、って思ったけど女性陣からは根強い人気があり、俺と出口は流されることになった。

　そのあとも急流滑りやゲーセンにあるようなミニコーナーなど、テンションがいつも以上に高いみんなに引っ張られて俺も普段よりはしゃいだ。

　何かあるたびに相当でかいリアクションを取って大声を出していた出口は、夕方になる頃には声が少し枯れていた。

　芦原さんの返信を気にしていたけど、返ってくる様子はない。

　アトラクションのほとんどを乗り終えると、最後に観覧車に乗ることになった。

「マックスで四人乗りみたいね」

　注意書きを読んだ篠原が教えてくれる。七人を二班に分けることになり、結果的に俺は鳥越と伏見と同じで、ヒメジ、茉菜、篠原、出口の四人組となった。

「えー？　これじゃあデグーが一人になるくない？　可哀想じゃん」

　茉菜は自然に出口を省こうとしていた。うんうん、とヒメジも強く同意していた。

「やり直しですね」

「待て待て。三、三、一っておかしいだろ⁉　四人乗りだって言ってんだろ」

　ちょんちょん、と鳥越が俺の服を引っ張った。

「そろそろ順番」

「諒くん、いこー」

「っていうわけだから、あとは四人で話し合って」

じゃ、と俺は無援護の出口を置いて乗車口へ向かった。

どうぞー、と案内係の人に促され、鳥越、伏見と順に中に入っていく。

「ん」

最後に乗り込もうとした俺は、一瞬足を止めた。二人は同じシートに座ると思っていたら、向かい合わせだった。

ちらりとこっちを見ると、二人とも反対側の景色に目をやる。

「「……」」

今日あんまりしゃべってなかったので、鳥越側に俺は座った。

「むう……？」

伏見が唸《うな》ると鳥越が意外そうに目をぱちくりさせていた。

「あ、こっちなんだ」

俺が何かを言う前に、ガタンと扉が閉められ、ゆっくりとゴンドラが上へ動いていった。

今日を振り返って、さっき起きた出来事を思い出のようにしゃべった。

思えば、友達だけで遊園地に来るのは、俺ははじめてだったし、どうやらそれは二人ともそうだったらしい。

「ひーなは来てそうだけど」

「ううん。はじめて。誘われることは多いんだけどね」

「男子から？」

鳥越が訊くと、伏見がすぐに補足した。

「女子からも」

ってことは男子から誘われることもあるのか。

「ひーなのそれってデートのお誘いでってことでしょ」

「……まあいいじゃん、それは」

知っていたはずだったのに、改めて知らされたその事実に、複雑な気持ちになる。

たくさん男子から告白されるのなら、それ以上に出かける誘いはあるんだ。

伏見は、俺とだけ仲が良いわけじゃない。

誰とでも仲が良くて――。

俺はただの幼馴染で、多少の関係性があるそれを、俺は仲が良いと勘違いして――。

「諒くん、ほらあれ。たぶんウチ！　伏見家だよ！」

外に向けて指を差し伏見は子供みたいに目を輝かせている。

「そんなでかくないだろ、伏見家は」

「ひーな、あれたぶん市役所」

「ま、間違えた……」

照れ隠しに伏見が笑う。暮れるのが早くなった夕日に笑顔が照らされている。

俺がその笑顔を可愛いと思うように、たくさんの男子がそう思って、それを特別に捉《とら》えて恋をするんだろう。

「はっ。上のゴンドラ……カップル……チューしてる」

伏見があわわわわ、と上を指差していた。

釣られて俺と鳥越も上を向くと、角度からしてよく見えないけど、男女が密着しているのがわかる。

「「「……」」」

三人で上をじいっと見上げて、変な空気になった。

「出口たち、どうなったんだろう」

俺は話題を変えるため、下のゴンドラを見るとなんだかんだで四人が乗っていた。

そのとき携帯が振動したような気がして、俺はポケットから画面を少し覗く。

ショートメッセージの受信だった。

俺はポケットから慌てて携帯を引き抜き、メッセージ画面を表示させた。

思った通り、芦原さんからの返信だった。

『スケジュール的に難しいから行けないと思うわ。ごめんなさい。それに、あの子の芝居を見る資格はないと思うから。学祭、頑張ってね』

ううーん。来てもらうのは難しそうだな。

なんで俺のメッセージには返信してくれたんだろう。

「高森くん、どうしたの」

「ああ、いやええっと……。伏見、あの話、鳥越にしてもいい？　見に来てもらう話」

「…………しーちゃんになら」

ゆっくりゆっくりと動くゴンドラの中で、俺は芦原聡美だと伏せて、離婚して以来会ってない母親として、さっきのメッセージ込みで鳥越に状況を話した。

「お母さん、やっぱり忙しいんだ」

伏見は落胆したような、でもほっとしたような、困ったような笑みを浮かべた。

「ひーなのお母さん、忙しい人なんだね。演劇部の公演、映像をあとで送ってあげたらいいんじゃないの？」

「演劇部が毎年撮っているから、そのデータはもらうつもり」

二人が話している間、芦原さんにどう返信するか考えていた。

伏見が見に来てほしいと思っていることは伝えている。

ただ、ずっと会ってないし、ほとんど子育てしてないから資格がないってことなんだろう。

ゴンドラ内の話題は、伏見の稽古話になり、どんどんそれていき、いつの間にか違う話を二人はしていた。

二〇年後の伏見のような、あの綺麗《きれい》な人を思い出す。

性格も似ていたりしないんだろうか。

というか、スケジュールで無理なら、松田さんにそう言えばいい。なのに、何も言わないままだった。

もしかして、迷っているんじゃないだろうか。

話に花を咲かせる二人のそばで、俺は文章を考えて返信をした。

『あいつにとって芦原さんが一番憧《あこが》れている人で、一番いいところを見せたい人なんです』

返事はすぐにあった。

『私と姫奈のことで気を遣ってくれてありがとう。……酷いことを言ってごめんなさい』

行かないことに対しての謝罪なんだろうと俺は思っていた。

4 学祭のはじまり

トークルームでは、「遊園地」と題されたその日の写真や動画がまとめられていた。同じように「海」と題されたアルバムもあった。

これがあったら俺《おれ》があの日撮った動画は要らないんじゃないかと思ったけど、出口《でぐち》だけはいまだにしつこく、

「作業がなくなったんだから、そろそろお願いしますよぉ、カントクぅ～」と猫なで声で手揉《も》みをしながら俺のご機嫌を取ろうとしてくるのである。

実を言うと、完全に作業がなくなったわけじゃなかった。

クラス用のメイキング動画を編集していて、ワカちゃんに相談して、学祭が終わった日のホームルームで流す予定にしてもらっていた。

NG集も評判だったから、この手の映像も喜んでもらえるだろう。そう思うと、編集作業は思いのほかはかどった。

芦原《あしはら》さんとのやりとりはあれからしていない。スケジュール都合で行けないって話は口実なのかもしれないし、本当なのかもしれない。

「調子どう？」

「もう完璧《かんぺき》。たぶん泣いちゃう人いると思うよ」

登校中に伏見《ふしみ》に芝居の調子を訊いてみると、気合い十分といった様子だった。

芦原さんが見に来ないとわかってからも、モチベーションが落ちることがなくて安心した。

「私、学祭ってはじめてですけど……手作りの温かさがあっていいですね」

門を過ぎてから、飲食物を出すクラスや各部活が準備しているものを見ながらヒメジが言う。

「藍《あい》ちゃん、はじめてなの？」

「はい。ずっとお仕事で忙しかったので」

芸能活動をしてたら、こういうイベント事には参加できないことも多いという。

学校に入ると、中は完全に学祭仕様となっており、各教室はカフェだったりお化け屋敷だったりにアレンジされている。

掲示板の目立つ場所には、映画の宣伝用チラシが張り出されている。キービジュアル用の写真には、伏見とヒメジが写っている。上映スケジュールが簡単に書かれてあり、長机の上に置いてあったチラシは、昨日よりも数が減っているようだった。

「見て！　昨日よりも一〇〇枚くらい減ってる！」

気づいたタイミングが同じだった伏見は、見て見て見て、と興奮気味に何度も繰り返していた。

「私のファンでしょうか」

そんな伏見に水を差すヒメジだった。

「藍ちゃん、元アイドルだったってそこまで浸透してないでしょ？　公表もしてないし」

「わかる方にはわかりますから」

「あ、そ」

つまらなさそうに半目をする伏見。俺もチラシを取っていったのがヒメジのファンじゃなけりゃいいなと思う。

「立ち見が出たり！」

「かもな」

「教室の椅子《いす》もっと増やしたほうがいいかな」

上映の最終テストは終わらせている。机を空き教室に移動させ、椅子だけを残し、今うちのクラスはなんちゃって映画館。

「どうしよう……」

緊張してきたのか、伏見がふぅーと息を吐いた。

「チラシ取ったからって絶対に来るわけじゃ」

「ううん。そこじゃなくて、藍ちゃんのお芝居、やばいから……色んな人にバカにされないかな」

「そこかよ」

「嫌なディスり方を覚えましたね、姫奈《ひな》は」

やれやれ、とヒメジは首を振る。

「素人はこれだから……。私が映るだけで拍手喝采ですので、何も心配は要りませんよ」

「そんなに盲目なのはファンだけだろ」

伏見はああ言っているけど、ぶっちゃけると、ヒメジがどうこうっていうより、伏見が頭をいくつも抜けているので伏見とそれ以外って感じだ。ただ、ヒメジは尻上《しりあ》がりに良くなっていた。華がある分、少々下手クソでも邪魔にはならないと俺は思っている。

スクリーンの前に四〇ほど椅子が並べられた、他のクラスよりも一等地味な教室に入った。出入口には、感想ボックスが用意されてある。伏見可愛《かわい》いとかヒメジ可愛いっていう感想に埋め尽くされるんだろうな。

みんな、そわそわざわしている。どこに誰《だれ》と行くか相談しているようだった。

「諒《りょう》くん、お化け屋敷あるよ」

いつの間にか案内を手にしていた伏見が言った。

「あるよって、伏見、全然ダメだったろ」

「でも、楽しかった。諒くん、すごく頼りになって」

思い出したのか、くすぐったそうに伏見は笑う。伏見と同じ案内をヒメジも持っていて、ぶつぶつと言っている。

「お化け屋敷にクレープに迷路にカフェに……地域文化研究資料もあるじゃないですか……」

渋いとこに食いついたな。この学校とその地域の歴史とか、そういう感じの資料発表をしている。去年覗《のぞ》いたけど、別世界って感じだったな。静かすぎて。

ヒメジが持っている案内を俺も見せてもらう。学祭は、金曜と土曜の二日。演劇部の公演は、二日目の一五時～。

「高森《たかもり》くん、シフト終わったらどこか行こ」

登校していた鳥越《とりごえ》に声をかけられた。

「ああ、うん」

「わたしも一緒に――」

「それなら、姫奈は私と一緒に地域文化研究資料を見に行きましょう」

「それならって何、それならって」

「そのあと、諒は私とクレープを食べて、お化け屋敷に入って、カフェに行きます」

相談なしでどんどん予定を詰め込まれていく。

「行きますって俺の意思わい」

苦情を送ると、違うクラスの女子がやってきてヒメジに話しかけていた。

「前お願いしていたあれって……？」

「タダ券を二枚つけていただけるのなら、いいですよ」

「ありがとう！　全然いいよ、それくらい！　じゃあ、お願いね！」

晴れやかな顔でその女子は教室を出ていった。

なんの話かわからなかったのは、俺だけじゃないらしく、伏見と鳥越も不思議そうな顔をしていた。

「あのクラス、カフェをするのですが、呼び込みをしてほしいとお願いされていたんです」

あの女子は隣のクラスで……。案内を見るとそのクラスは「コスプレカフェ」をやるらしい。

「「コスプレカフェ」」

伏見と鳥越の声が被ると、心配そうに伏見が訊いた。

「藍ちゃん、何着るの？」

「エッチなやつなんじゃ……」

鳥越は変な心配をしていた。

「ナース服を着るみたいです」

ヒメジが、ナース？

『詳しくはわかりませんが、私が打つんですから大丈夫です』って謎《なぞ》の自信を見せて適当に注射打ちそう。

「ナース服って、やっぱエッチじゃん」

鳥越の価値観歪《ゆが》んでないか。

「しーちゃん、ナース服は全然エッチじゃないよ？」

伏見が謎のフォローをする。はっきり違うかっていうと、そうでもないから困る。

「衣装は別に気にしていません。私は何を着ても似合ってしまうでしょうし」

「『自信がエゲつない』」

呆《あき》れるよりも、そこまで突き抜けた自信には拍手を送りたい。

やがて時間になると、全校集会が開かれ学祭実行委員長による開会が宣言された。

そこで解散となり、持ち場に帰る生徒や遊びに出かける生徒に分かれた。

俺は初日の初回がシフトだったので、教室へ戻ろうとしていた。

上映スケジュールは一時間に一度。見ている人の反応が見たかったので、シフトが終わっても残って中をこっそりと窺《うかが》おうと思っていた。

ぐいっと不意に肩を組まれる。誰かと思いきや出口だった。

「たかやーん、一緒にコスプレカフェ行こうぜ」

「あとでな、あとで」

「好きですなぁ～」

「断る理由がないってだけだから」

観客の反応は伏見も気になるだろうから、誘おうと思って姿を探すと、演劇部員らしき男女数人と一緒だった。

あいつはあいつで忙しそうだな。

芦原さんには、演劇部の細かい日程は伝えてある。スケジュールが厳しいだのなんだのと言っていたけど、俺は方便だと思っている。たぶんその気になれば来れるんだろう。

人混みを辟易《へきえき》しているような鳥越を見つけて、一緒に教室へと戻る。鳥越曰く、伏見は演劇部と細かい打ち合わせがあって、ヒメジはわからないという。

教室の前に人だかりができていた。

「高森くん、あれ」

「隣のコスプレカフェの客か」

すげー人気だな。

「いや、うちの映画のお客さんだよ」

「え?」

逸《はや》る気持ちを抑えながら、足早に教室へ入ると空席はすでになく、後ろのロッカーによりかかっていたり、床に座っていたり、かなりの人数がいた。

「めちゃくちゃいるじゃん」

「みんな他に行くところないのか……?」

「変な皮肉言わないでいいから」

二日で一〇〇人くらい来ればいいなと思っていたけど、初回だけでもう半数近い。

「うわ。めっちゃ来てる」

「マジだ。こっちまで緊張してきた……」

クラスの男子数人も様子が気になり覗いては代わる代わる驚いている。

「すごい……」

ぽつりと鳥越が言った。

「すごいよ、高森くん」

鳥越にしては珍しく興奮気味に声を上ずらせていた。

「思った以上だな」

九時になり、初回の上映準備をはじめた。遮光カーテンと出入口を閉めて真っ暗にする。ざわついていた室内は準備を進めるごとに雑談の声が減っていった。

クラスメイトや松田《まつだ》さんにも見てもらっているけど、まったく関わりのない第三者に見てもらうのは、これが初となる。

不安と期待で少しパソコンを操作する指が震えた。

「大丈夫だよ、きっと」

そっと手が添えられた。鳥越の柔らかい手のひらとひんやりとした指先が俺を現実に戻した。

カーソルを合わせて再生ボタンをクリックした。

何度も何度も何度も見返したお馴染みの映像が流れはじめる。

三〇分少々の映画は、笑うところもなければ泣かせるシナリオでもない。ハリウッド映画のような迫力映像があるわけでももちろんない。

観客が無反応なのは当たり前で、それがわかっているはずなのに、うんともすんとも言わず静かに見てくれているその時間が長いほど不安は募っていく。

通しで見返した中で、今日が一番長く感じた。

エンディングを迎えると、画面が暗くなる。

誰かが拍手をすると、水に広がる波紋のようにそれが伝播していき、心臓が脈打つたびにその音はどんどん大きくなっていった。

「感想、もしよかったら書いていただけると嬉《うれ》しいです。書いたら出入口に箱があるので、そこに入れてください」

俺は案内をしながら閉めたカーテンと扉を開けていく。

感想書くなんて面倒なこと、よっぽどじゃないとしないだろう。

そう思っていたので案内も適当だった。けど、予想に反して用意した紙きれにみんな何か書いていていた。

「諒くん諒くん諒くん！」

外にいたらしい伏見が中に入ってくると、嬉しそうにぴょんぴょんと飛んでいた。

「大成功だね」

「まだ感想で何て言われるかわからないから」

流されて拍手しただけってこともあるだろうし。

「いや、成功だと思う」

鳥越が冷静に言う。

「どうして」

「去年、教室で演劇？　コント？　みたいなのをやっていたクラスがあって、覗いたらお客さん数人しかいなかったから」

そういう例があるなら、成功したほうなんだろう。

「伏見パワーかな……」

「かもねぇ……」

俺と鳥越が目を合わせて苦笑する。それを伏見が遮《さえぎ》った。

「そんなことないから！　諒くんの影響だって大きいから」

「俺？　俺が？」

意外すぎる意見に二度訊いてしまった。

「映画賞受賞監督じゃん。どんなものなんだろうって気になるよ、普通」

表彰されたからな。全校集会で。

そうと知っていれば、気にはなるか……。

「あと、しーちゃん」

「は、はい」

「わかりやすく評価に直結するのが脚本だし、それが良かったから、あんなにバチバチってすごい拍手をしてもらったんだよ」

「鳥越もすごい、と?」

「そうなのです!」

伏見は誇らしげにうなずいた。

「わたしたちのチーム、最強すぎる」

どうやら伏見は完全にハイになっているらしい。ヒメジみたいなことを言い出している。

初回の客が全員出ていくと、二回目を待つ客を中に入れる。上映時間までまだあるので、設置された感想ボックスの中を三人で取り出して確認していった。

「初回ってもう終わりましたか?」

制服からナース服に着替えていたヒメジが教室を覗いていた。

白いナース服は裾《すそ》が短く、ナースキャップを被って聴診器を首にかけ、足にはニーソックスを穿《は》いていた。

「藍ちゃん、なんてカッコしてるの!」

はわわ、と伏見が慌てて人目から守ろうとするが、当のヒメジは動じていない。

「どうですか？　似合いますか？」

自信満々の笑みを浮かべて、ポーズを取って見せるくらいには余裕があった。

「やっぱエッチじゃん」

ほらみろ、と言いたげに、鳥越は眉根《まゆね》を寄せている。

「コスプレしたエッチなヒメジちゃんを客引きに使うなんて、やり口がぼったくりバーと一緒なんだよ」

おまえがぼったくりバーの何を知ってるんだよ。……俺も知らんけど。

「エッチぃのはズルいよ。しかもヒメジちゃんは違うクラスだし」

見かける女子が、全員例外なく可愛い〜、スタイル良い〜って褒めまくるせいで、ヒメジの鼻がどんどん伸びていく。

ヒメジは、ちやほやされるの、本当に好きなんだな。

「高森くんも、ああいうの好きなんだ？」

「いや別に」

「嘘《うそ》。ずっとヒメジちゃん見てるじゃん」

見て……なくはない。見慣れない格好しているから、多少気になるよ、そりゃ。そんで似合っているし。

やれやれ、と鳥越はため息を小さくついて、感想を見やすいようにまとめた。

「感想どう？」

「概ね好評って感じかな」

それを渡されると、俺は一枚一枚読んでいった。

『伏見さん可愛い』という伏見のことを褒める感想が半数を占めている。『ライバルの子、棒読みすぎて草』っていうヒメジの演技に触れた感想が二割。残りが『面白《おもしろ》かった』というひと言感想。

「ヒメジのことについて言っている感想は、見せないほうがいいかもな」

「だね。高森くん」

「諒くん」

鳥越と伏見から同時に声をかけられた。

あ、って顔をした二人は顔を見合わせ困ったように笑っている。

「ん？　何？」

鳥越がおほん、と咳払《せきばら》いをすると、ヒメジが伏見に声をかけた。

「姫奈には、こっちの手伝いをしてほしいとさっき学級委員の方が」

「え？　今？　コスプレカフェでしょ？」

「内容まではわかりませんが」

などと言って、ヒメジが伏見の腕を引いて込み合っている廊下を歩き去っていった。

「伏見も何か着せられるんだろうな」

この学校内に限定すれば、一番知名度があるのは、ヒメジよりも伏見のほうだ。

「エロいやつじゃなかったらいいけど」

「とか言ってちょっとくらい見たいんでしょ」

鳥越が疑いの目を向けてくる。

「そんな目しなくてもいいだろう。あ、さっき何か言いかけなかった？」

「ああ、うん。…………気になったお店とか場所とかない？　あったんなら、付き合ってあげようかなって……」

ぼそぼそと小声で鳥越は言う。

気になった場所……。案内表を見た限りピンとくるものはなかった。コスプレカフェみたいな、羽目を外しにいっているところは例外として。

「とくにないかな」

「じゃあさ、私に付き合ってもらってもいい？」

鳥越にはピンとくるものがあったらしい。それが何なのか気になったのもあり、俺はふたつ返事をした。

「うん、いいよ」

「い、行こ」

そう言って鳥越は伏見とヒメジが去ったほうとは逆に廊下を歩きだした。

「どこ行くの」

「これだよ」

確認すると「野点」と書かれた場所を指差した。

「やてん？」

「『のだて』って読むんだよ。お茶を点てるやつね」

抹茶とかそういうあれか。

野点の欄には、地域住民有志によって開催とあった。

「そういうの好きなんだ？」

「楚々とした穏やかな時間が好き」

「鳥越は、和の雰囲気似合いそうだもんな。着物とか似合いそう」

「そ、そうかな……？　高森くんは、ヒメジちゃんみたいに私もコスプレしたら、見る？」

割と真剣な目つきで尋ねられると、軽々しくうんとは言いにくい。

ヒメジは承認欲求の塊みたいなやつだから、目立つナース服を着ても堂々としている。けど、鳥越があああいうのを着たら、ずっとモジモジしてそう。

あんまり見ない光景なので、興味本位で見てみたい気持ちはあった。

けど、エロ目的じゃんって思われるのも癪《しゃく》だったので、俺は曖昧に返した。

「どうだろう」

「そ、そっか」

「モノによる、かな」

と言って俺は濁した。

「そこまでしなくてもいいと思うんだけど……よかったら、ついでに、やってみない？」

通りがかった教室の前には「着つけ体験」の看板があった。

さっきからちょいちょい着物の人を見かけるのは、どうやらこれで着せてもらっているらしい。

このあと、ヒメジに何か色々予定を詰め込まれていたけど、その本人は今ナースになって呼び込みで忙しくしている。

窓の外に見えたヒメジが、段ボールで作られた看板を持ち、隣にいる女子……女性警官のコスプレをしている子がビラを配っている。

「あれ、ひーなだ」

本当だ。伏見だった。

「やっぱエッチじゃん」

伏見のタイトスカートの短さに、鳥越倫理委員長は顔をしかめている。

「ぶりっ子してるけど、なんだかんだで注目されること自体は好きなんだね、ひーなも」

ぶりっ子っていう棘のある単語は聞かなかったことにしておこう。

「あらぁ、どうぞぉ」

品のいい奥さんが、俺たちを見つけると中に入るように促した。

「俺はいいから、鳥越だけやってもらったら」

「高森くんも、せっかくだから」

鳥越が俺の腕を引っ張って教室の中に連れていく。

反論させまいとする意思を強く感じた。

「あらあら。カップル？　いいわねぇ～」

さっきの奥さんが俺たちを見るなり、うふふと微笑している。

「ち、違い、マス……」

鳥越が赤くなってどんどん首をすくめていった。

部屋の中にもう一人おばあちゃんがいて、二人でやっているらしかった。

鳥越は奥さんが担当するようで、おばあちゃんのほうが俺を担当してくれるらしい。

無言でもくもくと手を動かすおばあちゃんに、ああしろこうしろと言われるがまま、俺は着つけてもらう。

「間違えちゃってごめんなさいね」

「いえ。全然」

パーテーションで仕切られた向こうから奥さんと鳥越の声が聞こえる。

「カップルじゃないなら……あとちょっとってところ?」

「え、えっ………いえ……わからないです……」

蚊の鳴くような声で鳥越が弱々しく否定する。

「頑張ってね!」

「あ……えと……ハイ……」

聞こえているってことは知ってるんだろうか。

「手」

「はい」

「これ持ったままで」

「はい」

俺とおばあちゃんの会話はこれっきり。俺は、はいしか言ってない。

黒の着物を着ると、最後に紺の羽織に袖《そで》を通す。足袋は三〇〇円で買ったけど草履は貸してくれるらしい。

先に俺のほうが終わり、しばらく廊下で待っていると「ありがとうございました」と鳥越が出てきた。

「……どう？」

落ち着いた群青色の着物に、花柄の帯がよく映えている。髪の毛も後ろでまとめてあった。

「やっぱ似合うな」

「…………そう、かな」

しかめ面を作っていた倫理委員長は、今では恥ずかしそうに表情をゆるめている。

「高森くんも、カッコいいよ」

びっくりと照れくささがいっぺんにやってきて、「おう……」としか言えなかった。

鳥越も言ったくせに自分が照れていて、目を泳がせまくっている。

「写真、撮らなくていい？」

さっきの奥さんが顔を覗かせて訊くと、鳥越がぶんぶんと首を縦に振った。

「お願いします」

鳥越が携帯を奥さんに渡して、俺たちは廊下で中庭を背景にして並んだ。

「もうちょっとくっついてー」

じりじり、と俺たちは距離を縮めていく。

「もっともっとー」

つん、と鳥越の肩と俺の二の腕のあたりがぶつかった。

「「あ」」

同じタイミングで声を上げてしまうと、携帯を構えていた奥さんがニマニマしていた。すると、何かの合図を送るように、バチバチン、とウィンクをしている。

察した鳥越がぶんぶん、と首を振る。

バチンバチン、ぶんぶん。バチンバチン、ぶんぶん。バチンバチン、ぶんぶん。バチバチン……。

謎の応酬がようやく終わると、鳥越が体を寄せて腕を絡《から》ませてきた。

「ちょ、ちょっとの間だから……」

恥ずかしさで泣きそうになっている鳥越は、耳の先まで真《ま》っ赤《か》になっていた。

そこでようやくシャッターが切られた。数枚を撮ってもらい、鳥越が確認する。

「私、顔真っ赤じゃん……恥ずかしい……。――わっ」

驚きの声を上げるので、俺も気になって手元を覗き込んだ。

大照れで顔を赤くした鳥越が俺に体を寄せて腕を組んでいる。俺は俺で表情が硬く、無理に笑おうと必死な感じが伝わる。

……その後ろ。

いつの間にか中庭に移動をしていた女性警官の伏見が、死んだ目でこっちをじいっと見つめていた。

ええぇ……怖ぁぁぁぁ……。

心霊写真よりもよっぽど怖い写真だった。

「ひーなに捕まったら何されるかわからないから」

危機感を覚えたらしい鳥越は、奥さんに写真を撮ってもらったお礼を言って、野点が開かれている校庭のほうへ急いだ。

幸い？　伏見に見つかることはなく、赤い傘が広げられている校庭の一画を見つけて、俺たちと同じように着つけをしてもらった生徒やその他地域住民の人たちとお茶と和菓子を楽しんだ。

畏《かしこ》まらなくていいカジュアルなものらしかったので、作法のことでうるさく言われることがなくて助かった。


去年はなかった野点と着つけ体験があったのは、生徒会に茶道を習っている先輩が一人いるからだと鳥越は教えてくれた。

着つけ体験の時間が終わり、校内を着物でうろちょろしていた俺と鳥越は元の制服に着替えた。

「さっき撮ってもらった写真、高森くんもいる？」

「せっかくだし送ってもらおうかな」

携帯を見つめている鳥越がニマニマと口元をゆるめている。

俺に写真を送るだけなのに、何をそんなにニヤつくことがあるんだ。

ようやく受信し写真を再度確認した。背後に伏見がいないバージョンの一枚で、強張った笑顔の俺と大照れしている鳥越の着物姿が写っている。

奥さんにくっつけと言われまくったせいで、鳥越はほぼ密着していた。

修学旅行とはまた違った思い出の一枚って感じだった。

「高森くん、今年の後夜祭はどうするの？」

「一応参加しようかなって思ってる」

「去年、さっさと帰ったのを見かけて、今年はどうするんだろうなって思って――」

「それな、伏見が誘ってくれているから」

夏休みのあの日に交わした約束でもあった。そのときはそれがどういう意味かは知らず簡単に約束してしまった。

もし断りたいのであれば、伏見のことだ。理由をきちんと説明すれば仕方ないなと約束を反故《ほご》にすることも納得してくれただろう。

学祭が近づくにつれて、後夜祭のダンスパーティの話は誰も彼も口にしていた。それだけ生徒にとっては関心の高いイベントだった。

男女二人一組で踊るそれは、大半がカップルであり、そうでない相手同士なら恋人になったという表明になる。

「そう」

少し遠いはずの学祭の喧騒が、静かな廊下にひっそりと響いている。

「妹……胡桃《くるみ》がお母さんともうちょっとしたら来るみたいだから、校門まで迎えに行ってくるね」

携帯をしまった鳥越が歩きだすと、足を止めて振り返った。

「高森くん」

意を決したような真剣な表情に、俺は言葉を待った。

「もし無理してるんなら、無理しなくてもいいんだよ」

無理？　俺が？

何かを話そうとして開いた口が躊躇《ためら》ったように閉じられた。

「鳥越。無理ってどういう――」

「なんでもない。忘れて」

困ったように小さく笑って鳥越は首を振った。

鳥越は、最近俺のことを分析しようとしていた。茉菜《まな》にも色々と俺のことを訊いていたし、俺自身にもあれこれ考えとか定義みたいなものを訊いてきた。

納得するに足る答えを得られたんだろうか。

無理っていうのは、言わずもがな、伏見とのことだろう。

無理をしている自覚はまったくない。ただ、ときどき脳内でギアが変なほうに入ってしまうことはあった。

無理……。無理……？

『諒、姫奈ちゃんが遊びに来てるよ？』

昔、母さんからそう言われ、俺はひどく嫌な気分になったのを思い出した。

かなり幼かったあの頃、俺は何かがあって伏見のことが嫌だった時期があった。伏見と毎日毎日遊びすぎて飽きてしまったのか、毎回ワンパターンのおままごとに嫌気がさしていたのか……。

ともかく、気が進まない俺を不思議に思った母さんが、伏見を玄関まで迎えに行っていつものように家に上げた。

『りょーくん、なにしてあそぶー？』

たしか、この日もおままごとか何かをさせられたんだと思う。

『なんできたの？』

俺はこの疑問を何度も伏見に投げかけた。

『ひな、りょーくんのことすきだから、あそびたかったの』

返ってきたのは常にこのセリフと、屈託《くったく》のない笑顔。

好きでもなんでもないくせに、と俺は言われるたびにどんどん冷めていったのを覚えている。

口に出すことはしなかったと思う。モヤモヤを抱えながら俺は無理をして伏見に合わせて遊んだ。

「伏見」と「無理」で思い出した嫌な記憶だった。

思い出してふと引っかかったことがある。

小さいときの伏見って、そういうやつだったっけ。

俺のことをなんとも思ってもいないはずなのに「すきだから」と何度も口にしていた。

嘘だと思っていたけど、そんな嘘をつくようなやつじゃないことは、俺が一番知っているはず――なのに当時の俺はその発言を嘘だと思っていた。

嘘をつかれている、と心のどこかで思っているから、俺の思考回路が変なギアを入れてしまうのかもしれない。

嘘？　伏見が？

縁遠い単語ふたつが中々結びつかない。

ピーッ！　と笛が勢いよく鳴らされ、静かな廊下に響いた。

驚いて音のほうを見ると、女性警官姿の伏見がまたピーッと笛を吹いた。

俺と目が合うと、モデルガンを構えてポーズをとる。

「現行犯で逮捕しますっ☆」

きゃぴっと擬音が出そうな可愛らしいポーズを、俺はぽかんと見つめていた。

鳥越が苦言を呈したように、タイトスカートの裾は短く、ポーズをとっているだけでタイツを穿いた太ももを大きく露出させている。シャツの裾も短いのか、へそがチラチラ見えている。

「な、何か言ってよっ！　恥ずかしいじゃん！」

「ああ、ごめん。ちょっと考えごとを」

「コスプレしている幼馴染を見つめてすることじゃないでしょー？」

不満げに伏見は唇を尖《とが》らせる。

「もしかして、可愛くて見惚《みほ》れちゃったとか？」

いたずらっぽい笑みを覗かせる伏見。

「似合ってるよ。ややエロ入ってるけど、結構ノリノリなんだな」

「だってこれは無理に着せられたものだから」

自分の意思ではないと伏見は強調する。隣にいた幼馴染のナースがセクシーさではインパクトが強いから、感覚が麻痺したのかもしれない。

「後夜祭のことだけど」

俺が切り出すと伏見は目を瞬かせた。

「うん？」

「伏見は、本当にいいの？　約束したとき、俺は意味あんまわかってなくて」

オーディションで落ちた帰り。電車を待っているときに交わした約束。

「伏見もそうなのかなって」

「そんなわけないよ」

そんなわけない、か。

「俺は心のどこかで、伏見が嘘をついてるんじゃないかって思うことがあったらしい。自覚なかったけど」

「何それ」

やっぱり思い当たる節がないのか、心外とでも言いたげに眉《まゆ》をひそめた。

「嘘ついてどうするの。諒くん相手に。ずっと一緒だったのに。なんとなくだけど、わたし、諒くんが嘘ついているかどうかくらい、わかるよ」

本当になんとなくだけど、と付け加えて、伏見は上目遣《うわめづか》いで俺を覗き込んでくる。

「だから、諒くんもわかるんじゃない？　わたしが嘘ついているかどうか。はっきりとわからなくても」

伏見が言おうとしていることは理解できた。もし伏見が何かの嘘をつけば、なんとなく、はっきりとわからないにしても、ぼんやりとわかったかもしれない。

「しーちゃんと着物着てたね」

「ああ、うん」

写真にがっつり見られているのが写ってたからな。

「諒くん、後夜祭のことは約束したからって無理にわたしに合わせなくていいんだよ?」

自分で約束を切り出したくせに伏見は不安げだった。

「藍ちゃんもしーちゃんもいるし……わたしじゃなくても」

また自分で言っておいて、傷ついたような顔をする。

その表情に胸が痛んだ。

「伏見、俺——」

何か言わなくちゃと声を出したとき、ヒメジが「見つけました!」と廊下の端からこっちへ歩いてきていた。

まだナース服のままで、首に提《さ》げたままの隣のクラスの宣伝用の看板は、今ではうちの映画の宣伝チラシが前面に貼《は》られていた。

「どこに行ったかと思ったらこんなところで……」

「わたし、もうちょっとしたら演劇部の打ち合わせあるから、抜けるね」

「わかりました。それは先方も承知のようです。姫奈にタイミングを見て抜けてもらおう、と元々思っていたみたいですから」

じゃあ、と伏見は去っていった。

「伏見、頑張れよ」

もしかすると、芦原さんが来るかもしれない。可能性としてはかなり低いけど。

伏見は笑顔で手を振ると、角を曲がっていった。

正午が近いこともあって、ヒメジと出店で何か買って食べることになった。

焼きそば、お好み焼き、オムライス、カレー……、色々と食べ物がある中何を食べたいか訊くと、あっさり答えた。

「もちろん全部です」

「そんなに食べられるのかよ」

「何を言っているんですか。諒と半分こですよ?」

「せっかくだから全部食べよう、に俺を巻き込むなよ」

「気になるじゃないですか。チープな味でも雰囲気が良ければ気にならないでしょうし」

「チープとか言うなよ」

どこに入っていたのか、懐《ふところ》から財布を出したヒメジ。

服装のハレンチさがなくなれば、昼食を買いに出かけたナースみたいだった。

「お金は私が出しますので、諒は買ってきてください」

「いや、いいよ。半分こだろ? 半分は出すよ」

そうですか? と笑ったあと、芝居がかった仕草で首を振った。

「こういうとき、全部出すって言えないのが諒の甲斐性のなさですね」

「悪かったな」

出された千円札を受け取ると、「冗談ですから。気にしてませんよ」とヒメジは言った。

こいつも俺の幼馴染なんだよな。俺の操縦方法というか扱い方をよくわかっているような気がする。

出店といっても、クラスや部活で出しているものだったりするので、価格は学食よりも安く、ひと通り買うのに千円もかからなかった。

ヒメジの姿を探していると、校庭のほうに出してあるフリースペースに席を取っていた。

大学生らしき男二人に何か話しかけられているところだった。

な、ナンパか……⁉

あんな子があんな格好で一人座っていたら、声かけられ待ちだと思うやつもいるだろう。

近づいていくと、様子がおかしい。

二人組のほうは、ヒメジにペコペコしている。

「あのー、俺の連れなんですけど、何か」

ありましたか、と訊こうとすると、ギロンと睨《にら》まれた。

「連れ？　え、何。どういう関係？」

初手からケンカ腰だったので、一瞬驚いた。

「ええっと、幼馴染でクラスメイトです」

俺が言うと、一層視線は強くなった。

「幼馴染で？」

「クラスメイト、だとぅ……⁉」

わなわなと震えている二人に、ヒメジが声をかけた。

「お昼を買ってきてもらっていたんです。今からお昼を食べますから、もう用がないなら立ち去ってください」

しゅんとした二人はすごすごと立ち去っていった。

「人違いですからねー？」とその背中にヒメジは言った。

「ファン？」

「ええ。人違いなのに」

「違わなくないだろ」

「もうサクモメのアイカなんていうアイドルはいませんから」

買ってきたものをひとつずつテーブルに並べる。

「ずいぶん聞き分けがいいんだな。ファンってもっと熱い人なんだとばかり」

「私は、ファンを教育するのもアイドルの仕事だと思っています。他のメンバーや他のファンの迷惑になるようなファンが私についていると思われたくないので、そのへんはキツく常に言っていましたから」

だから、アイカ推しのファンからするとアイカの発言やとくに注意は絶対なのだという。

あー……篠原《しのはら》がヒメジを神様扱いしていたのも、そういう教育の賜物ってわけか。訓練されたファンって感じだったもんな、篠原は。

けど、俺はその話を聞いて感心していた。

「めっちゃプロアイドル」

「冷やかさないでください」

「いや本当に。カッコいいなって」

まんざらでもなさそうな顔で、フンと鼻を鳴らすと割り箸を割った。

「いただきます」

先に食べはじめたヒメジに続いて、俺も箸をつける。

「そういや、最近鳥越と仲良くなったよな？」

「そうでしょうか。あまり変わりませんよ」

会話が途切れ、食事に集中してしばらく。

俺はヒメジには言ってもいいだろう、と芦原さんのことを教えた。

「姫奈のお母さんが？　あの芦原聡美《さとみ》が？　この学校に？」

そんなバカなと言いたげに、表情を曇らせている。

「スケジュール厳しいって言ってたけど、俺は方便なんじゃないかと」

「……そうかもしれませんが」

「お互い長年会ってないから、ビビってるだけだと思うんだよな」

俺は持論を展開するが、ヒメジはずっと何かが引っかかったような、すっきりしない顔をしている。

「どうかした？」

「いえ……この前松田さんがポロっと言ってましたけど、芦原さん、映画の撮影で北海道にいらっしゃるとか」

「ほっかいどー？」

「ええ。北海道です」

「北海道……」

「方便とかではなく、シンプル無理なのでは」

「シンプル無理」

俺はヒメジの単語をただ繰り返していた。

そっか。せっかくのタイミングだったのにな……。

「どうして諒がそんなにがっかりしてるんですか？」

「いや……伏見が憧《あこが》れている人でもあるし、芝居をやってみようっていうきっかけになったんだ。それを伏見は見てもらおうとしてたわけだから……」

「これが最後というわけでもないですし、芸能の世界に入れば、いくらでも見てもらうことはできるでしょう。姫奈が諦《あきら》めない限り」

「先輩風吹かすなー」

「そりゃ吹かしますよ。先輩ですから」

どや、と顔をキメるヒメジ。

ヒメジは買ってきた昼食にまんべんなく手をつけていく。全部二口くらいしか食べず、残りは俺が食べることになった。

「撮ってもいいですか？」とヒメジは一年の男子数人に携帯を向けられていた。

何かを考えて、俺の正面にいたヒメジは俺の隣にやってくる。

「これならいいですよ」

べったりとくっつき、腕を絡めてくる。服がピチっとしているからか、元のスタイルの良さが際立《きわだ》っている。思わず胸にいってしまう視線を俺はどうにか引きはがした。

やっぱいいです、と一年男子たちは微妙な表情をしてどこかへ行ってしまった。

「サクモメのアイカっていうのはもうバレてるんじゃないのか」

「かもしれませんね。それか、単純に私のことが好きなのか」

やれやれ、とため息を吐くヒメジ。

「写真を撮って何に使うつもりだったのやら」

使うとか言うなよ。

自分の箸に手を伸ばすと、お好み焼きをひと口大に切るヒメジ。

「こうしていれば、変に幻想を抱くこともなくなるでしょう」

さらに密着したヒメジは、切り分けたお好み焼きを俺の口元へ運んでくる。

「次はこれ食べてください」

「変な目で見られてる。——今！　変な目で！　めちゃくちゃみんなに見られてるぞ！」

さっきの倍以上の視線を感じる。

「私は、注目されるの好きなので」

厄介なやつ！

「患者さんは、看護師さんの言うこと聞かないとダメなんですからね？」

いたずらっぽく笑うヒメジは、俺が頑《かたく》なに閉じている唇にお好み焼きをつんつんとキスさせてくる。

「わかった、わかったから」

唇についたソースを舐《な》めると、小さく口を開ける。そこをこじ開けるように半ば強引《ごういん》にお好み焼きを突っ込まれた。

「おいしいですよね？」

にっこりと微笑むヒメジには、他の感想を認めない力強さがあった。

「まあ、うん……」

恥ずかしいし、変なふうに思われていると思うと、味なんか一ミリもしない。

「じゃあ、交代です」

あ、と口を開けるヒメジ。

「……」

俺がしかめ面をしていると、「早く」とリップでうるんだ唇をぱくぱくと動かした。

「患者に食べさせてもらう看護師っておかしくないか」

さっきの設定だと明らかに変だ。

「なんですか、患者って」

設定に乗ってやったのに、こいつ……！

俺が変なこと言った、みたいな顔するのやめろ。

案の定こそこそと周囲から話し声が聞こえた。

「よくやるよね」

「付き合ってるんでしょ」

「後夜祭参加するやつらだろ」

「なんで俺には彼女いないんだろうな……」

「ああいう見せつけてくる人に限ってすぐ別れるから」

そりゃあ言われる。当然だろう。

仕方なかったとはいえ、ヒメジにあーんを返しているんだから。

噂話が聞こえる居心地が悪い中、ヒメジは堂々としている。

「姫嶋《ひめじま》先輩可愛い～」と見つけた後輩女子三人がきゃあきゃあ言っているのに対し、ヒメジは女神みたいな笑顔で手を振っている。

人目を集めることに慣れすぎているヒメジは、自分で言ったように注目されるのが好きなんだろうな。俺とは正反対だ。

嫌とかっていうわけではなく、付き合いの長さもあって、それをいい意味で捉《とら》えるようになっていた。昔はこうじゃなかったけど、そういう点では、芸能活動っていうのは性格に合っていたのかもしれない。

ヒメジが残した昼食を黙々と食べている間、後輩女子たちと一緒に写真を撮っていた。

アイドルとしてではなく、女子限定で先輩としてなら写真を許すらしい。

「めっちゃ嬉しいです！　姫嶋先輩、可愛くて憧れてたんです」

「こちらこそありがとう」

あ、今のはビジネススマイルだ。

後輩女子が去っていく頃には、俺も昼食とその片づけが終わった頃だった。

「迷路行きましょう。段ボール程度でどこまで楽しませてくれるのか、見せてもらいましょう」

「なんつー上から目線……」

付き合わないという選択肢は用意されておらず、意気揚々と歩くヒメジについていった。

「呼び込みはもうしなくていいの？」

「はい。お昼までという話ですから」

……ならなんで着替えないんだ？

注目を集めるのが気持ちよくなってるんじゃないだろうな。

一年A組が教室を迷路に変えており、教室の前に行くと案内役の生徒に簡単な注意事項の説明を受ける。

「薄暗いので足下には気をつけてください」

そう言って俺たちを送り出した。

段ボール特有の乾燥したにおいがする。迷いやすくする演出か、説明があったように薄暗くなっていた。

すでに中にいる他の人たちの話し声がときどき聞こえてくる。

「ハンドメイド迷路だな」

また段ボールだのチープだのとヒメジが無自覚にディスる前に俺が言うと、くすっと笑った。

「語呂がいいですね」

二又の別れ道に差しかかり、同時に方角を示す。俺は左でヒメジは右。

「じゃあ、ここで別れるか」

「どうしてそうなるんですかっ」

ぺしぺし、と俺を叩《たた》いて抗議してくる。

「冗談だって」

合わないなら合わないで楽しいと思えるのが、ヒメジのいいところのような気がする。俺が嫌がる素振りを見せないから、ヒメジもガンガン自分の意見を言ってくるのかもしれない。

ヒメジの案を採用し右に曲がる。すぐに行き止まりになった。

「行き止まりだ」

後ろについてくるヒメジに言うと、俺は踵《きびす》を返す。するとヒメジと向かい合うことになった。背を向けると思ったヒメジはそのままこちらへやってきて、そっと体を寄せてきた。

「ヒメジ?」

「私と一緒では、楽しくないですか?」

「そんなことないよ」

本心だった。

「私でも、いいじゃないですか。後夜祭」

前に一度、俺なんかをヒメジは誘ってくれた。ヒメジがたくさん誘われているというのは、想像に難くない。

「諒が姫奈にこだわる理由って、なんなんですか?」

「ヒメジ……ここ迷路だから……」

他に客も来るだろう。はぐらかすつもりはなく、外で話そうと促したけど、ふるふる、と首を振った。髪の毛がさらさらと揺れて、段ボールとは違った清潔な香りが鼻の先で漂った。

「出ると、たぶん話せなくなってしまいます」

この暗がりがヒメジにはちょうどよかったのかもしれない。

「前ヒメジが誘ってくれたときは、約束してるからって断ったけど……ヒメジにとって伏見が特別みたいに、俺にとってもそうなんだ」

しゃべりながら考えていた。

見つけた単語を繋《つな》いで繋いで、また繋いで声を発していく。脳から零《こぼ》れ落ちた言葉がそのまま口から出ていくみたいだった。

「伏見とは昔から色んな約束をしていて」

「それは、私の真似事です」

案外根に持っているらしい。

「結果的にはそうなんだけど」

「諒はなんだかんだで優しいから、姫奈がオーディションに落ち続けているのが可哀想《かわいそう》で」

「違う」

食い気味に言うと、自分で思った以上に語気が強くなってしまった。

「……ごめんなさい。でも、諒にかかっている呪縛《じゅばく》のようなトラウマは」

「前もそんなこと言ってたよな。松田さんが予約してくれた店で。呪縛って？」

話が見えなかったのでそのときはスルーしたけど、さすがに今日は聞き流せなかった。

「恋や、人を好きになることへの不信感、とでも言えばいいでしょうか」

人を好きになることへの不信感？

頭の中で、周波数が合わずざあっと鳴っている音が、徐々に小さくなっていくのを感じていた。

「……私は、姫奈のお母さん、芦原聡美に対して、幼い頃から大した印象は残っていません。似たような関係性であるはずの諒は怖いイメージを持っていました」

「たぶん俺が、何かやらかして叱られたんだと思う」

そう思っていたけど、もしかすると違うんじゃないか？

母親以外の大人に叱られたら怖いって思い込むだろうと思っていたけど、明確な記憶があるわけじゃない。

「掘り返しますけど、当時、諒は私のことが好きだったんです」

こんなところでする話か……？　ヒメジの格好もナースのままだし。

「うん。そうだったと思う」

「私の前は姫奈が好きだったんです。諒が私に乗り換えた理由、きっかけって何か覚えていますか？」

「乗り換えたって……」

いや、実際そうだったんだろう。うっすらとしか覚えていないけど、言われてみればたしかにそうだった。それに、鳥越に言われて思い出しことがある。

「一時期、伏見のことが嫌だった時期があった。たぶんそれかもしれない。幼稚園とかそれくらいのとき」

「姫奈のことが嫌になったきっかけと、諒にかかった呪いは関係していると思っています」

伏見のことが嫌になったきっかけと呪いが？

「こんなところで、こんな格好でする話ではないですよ」

暗がりだけど呆れたような顔をするのがわかった。

「いや、おまえがはじめたんだろ」

くすっと笑ったヒメジは、俺の手を引いて歩きだした。

「さっきのところ、左に曲がってみましょうか」

それから、分岐点にやってくるとヒメジは俺と逆の方角を指差した。そのたびにヒメジについていったけど全敗だった。行き止まりだったり、さっきの道に戻ったり。全敗のおかげで一〇分以上は迷路を彷徨《さまよ》うことになってしまった。

「……段ボールの壁だからどんなものかと思いましたが、楽しかったですね。学祭といえど、なかなか侮れません」

「選択肢全ミスしたせいだろ」

笑いながら、俺はヒメジに苦言を呈する。

「後夜祭、考えておいてくださいね」

「ヒメジ。だから、俺は……」

「考えておいて、くださいね？　迷路と一緒です。回り道しても間違えても、私は許してあげますから」

回答は一回きりじゃなく、もう一度考えろと言いたいらしい。

自分が唯一の正解みたいな口ぶりのヒメジだった。

「俺もヒメジみたいになれたらよかったんだけどな」

「諒は、何でも似合ってしまうスタイル抜群の超美少女になりたいってことですか？」

「ヒメジの自己評価が高いってことが改めてわかったわ」

？　と疑問符を頭の上につけるヒメジ。

ようやく着替える気になったヒメジと一緒にコスプレカフェに戻った。カフェは盛況のようで、接客をする女子も男子も何かしらのコスプレをしていて、モテる男子なんかは、それ目当てにやってきた女子と写真を撮ったりしている。

制服姿のヒメジが出てくると、学級委員の女子がぺこぺこしていた。

「姫嶋さん、ありがとうね」

「いえ。お安い御用です」

「これ、バイト代」

要求していた無料券二枚をヒメジが受け取った。

「ありがたく使わせてもらいます」

お互い良かったんじゃないだろうか。ヒメジはみんなの注目を集められて、クラスとしては集客に繋がっている。

うちのクラスはどうだろう、と思っていると上映がちょうど終わったタイミングだったらしく、生徒がぞろぞろと出てきた。

「高森くんとヒメジちゃん」

鳥越が小さな女の子、胡桃ちゃんと手を繋いでいる。後ろには母親もいた。

「映画、見ましたよ。面白かったです」

母親からの感想に、俺は小さく頭を下げた。

「ありがとうございます。あれが、静香《しずか》さんがメインで考えた物語で」

「なんかねぇ、うちでもコソコソずっと部屋で何かしてて」

「あー、いいから、そういうのは」

鳥越が母親を回れ右させて、妹の胡桃ちゃんと一緒に遠ざけていき、「あとでね」と半ば強引に追い払った。

「ヒメジちゃん、バイト終わったんだ？」

「ええ。ちょっとサービス残業をしてしまいましたが」

嘘つけ。やりたくてやってんだろ。途中から映画の宣伝チラシ貼ってたし。

客の中に伏見も混じっていたらしく、こっちに顔を出した。女性警官からいつもの制服姿に戻っている。

「打ち合わせ早く終わったんだけど、他に行くところなくて……ハハ。感想も気になるし」

ということで、シフトでもないのにかれこれ三回ほど見ていたらしい。

そういえば、出口がコスプレカフェ行きたいって言ってたけど、もういいんだろうか。

連絡してみると、『最強のコスプレ見られたからいいわ』とのことだった。

ヒメジのナースと伏見の女性警官は、出口の中ではベストスコアを叩き出したらしく、もうカフェに用はないらしい。

「感想、どんな感じ？　てかお客さん入ってる？」

「椅子を増やしたけど、それでも毎回立ち見が出るよ。かなり入ってる。数えたら、もう二〇

○人近くが見に来てくれてるみたい」
「すげえ」

「すご」

「私が出ているのに？　少ないくらいですけど」

一人を除いて、俺と鳥越は驚いていた。

「藍ちゃんと諒くん、デートしてたでしょ？　見えたよ」

ぶーぶー、とブーイングしそうな伏見は半目で問い詰めてくる。

「まあ、私ですから、目立ってしまいますよね……」

「まだ食べてないものある？　みんなで一緒に行かない？」

伏見の提案には、鳥越もヒメジも賛成で、当然のように俺の意見が出る前に行っていない出店へ行くことに決定した。

クレープに綿菓子、季節外れのかき氷にたい焼きと順番に回り、買ったそれらをフリースペースで広げた。

綿菓子を一つまみして口に入れると、甘い雲を食べているみたいだった。

「ひーな、お芝居のほうは調子どう？　明日本番でしょ」

「うん。通しでちょっとリハしたけど、完璧」

ブイブイ、と伏見はピースサインを作る。

「舞台の上には魔物が潜んでいます。あまり気を抜かないほうがいいですよ」

クレープを頬張《ほおば》るヒメジ。

「ふふ。藍ちゃん、カッコつけるのはいいけど、クリームついてるよ?」

「っ……」

「ヒメジちゃん、やっぱポンコツ」

鳥越がティッシュで口元をぬぐった。

「誰がポンコツですか。助言です、助言。舞台というものを何度も経験している私からのありがたい助言です」

「うん。ありがとう。気をつけるよ」

「あ。言いそびれていましたが、静香さん、読みましたよ」

「ほんと?」

「わたしも読ませてもらったよ」

三人が仲良さそうに話しているのを、どこか遠くに聞きながら、俺は迷路の中でヒメジが言ったことを思い出していた。

俺が伏見のことを嫌になったきっかけと、俺の呪いとかトラウマってやつは関係があるとか。

鳥越が無理してないかどうか訊いてきたよな。

それも、その件に関係しているんだろうか。

⑤ 開演

学祭二日目の朝。

朝起きて芦原《あしはら》さんからの連絡を確認するのが日課となってしまった。

今朝《けさ》も芦原さんからの連絡はなく、寝起き早々ため息がこぼれる。

北海道で撮影しているらしいから、やっぱり難しいんだろうな。

俺《おれ》の勝手な希望で、スケジュールアウトは方便だと思っていたけど、本当だったらしい。

ダイニングテーブルでのんびりメイクをしている茉菜《まな》に、俺は作ってもらった朝食を食べながら尋ねる。

「今日学祭来る？」

「友達とねー」

ビューラーを使って睫毛《まつげ》を上向けている茉菜は、時計をちらっと見て「遅れるよー？」と心配をする。

「伏見《ふしみ》が出る演劇、昼の三時からな？　念のため」

「うん。ガチな演劇、あたしちゃんと見たことないんだよねー。だから超楽しみなワケ」

「伏見に伝えとくよ」

「よろー。あ、でも、プレッシャーにならない？」

「茉菜が来る程度じゃならないと思うぞ」

芦原さんが来るってわかれば、多少緊張もしそうなもんだけど。

「喜ぶよ、きっと」

呼び鈴が鳴らされ、俺は急いで玄関の扉を開ける。伏見とヒメジがいた。その後ろに、松田さんもいる。

「おはよ、諒《りょう》くん」

「おはようございます」

「おはっ☆」

ごしごし、と目をこすって見ても、やっぱりイケメンオネエはいる。

「あの、松田さん。何してるんですか」

「何って、アタシも学祭見学したいから一緒に行こうと思って」

くいくい、と後ろを指差すと、愛車の高級セダンが停まっている。

「送ってくれるんですか？」

「ええ。きゅん、三〇秒で準備してちょうだい」

「いや、もうできてるんですよ」

スニーカーをつっかけて、三和土でとんとんとつま先をノックする。

「そのセリフ言いたかっただけでしょ」

「そうよ！」

「堂々としてんなぁ……」

俺と松田《まつだ》さんのやりとりを伏見とヒメジはくすくすと笑っていた。

「諒くんは、バイトしているときもあんな感じなんですか？」

幼馴染二人が俺を挟むようにして後部座席に座ると、伏見が松田さんに訊いた。

「もっとオラオラよ」

「オラオラ……諒くんが……？」

俺が宇宙人だったみたいな衝撃的な顔をする伏見がこっちを見上げる。

「あの、松田さん、適当なこと言って伏見で遊ばないでください」

「姫奈《ひな》、オネエジョークですよ。諒がオラオラなわけないじゃないですか」

「よかったぁ。諒くん、バイト先では傍若無人《ぼうじゃくぶじん》の限りを尽くしているのかと思った」

「そんなわけねえだろ」

ため息交じりに言うと、松田さんがけらけらと笑った。

「芦原さんからの連絡ってありましたか？」

松田さんの後頭部に話しかけると、肩をすくめた。

「全然。撮影中って、あの子、のめり込んで役作るタイプだから、この手の約束事はほぼ返事しないのよねぇ」

芦原さんの名前を出したとき、伏見の体が強張るのがわかった。不安もあるけど見に来てくれることを期待もしているんだろう。

雑談をしているうちに、学校にはすぐ到着した。

俺たちが降りると、運転席から松田さんが言う。

「お昼頃にまた戻ってくるわ」

ヒメジが首をかしげた。

「一人で見て回るおつもりですか？」

「何言っているのよぅ。アイカちゃんが案内してくれるんでしょぉ？」

「嫌ですよ。どうして私がオジさん連れて学祭案内しないといけないんですか」

「きゅんとはどうせ昨日ヨロシクしてたんでしょ？　じゃいいじゃない」

「っ――――⁉」

髪の毛を逆立たせるのと同じタイミングでヒメジは顔を赤くしていった。

昼飯のときのことや迷路での暗がりのことが俺の脳裏をよぎった。

「ヨロシク？」

伏見だけは不思議そうに目を瞬かせている。

「あらやだ。わかりやすい子。カマかけただけなのに」

「もぉぉぉぉ！　いいから早く仕事に行ってください――！」

じゃあね、と手をひらひらと振った松田さんは車を走らせた。

「もう。本当に……」

ヒメジは、ふーっと怒りと不満が交じったため息を吐いた。

松田さんも付き合いが長いせいか、ヒメジを煽るのが上手《うま》いんだな。

「合流するまで昨日何してたの？」

単純な好奇心からの伏見の質問だったんだろう。

「ああ。大したことは何も。ヒメジが自分のナース姿を見せびらかしてたんだよ。昨日おやつ食べたあの校庭のフリースペースで。そのせいで大学生らしきファンに身バレしかけてたし」

さもありなん、と伏見は納得の表情をしていた。

「……諒に、後夜祭のお相手を申し込んだんです」

「え」

伏見だけ時間が止まったように、ぴたりと表情も体も動くのをやめた。

「別に、それだけですから」

手で火照った頬《ほお》を冷ますように触るヒメジは、伏見の表情はそれ以上見ずに昇降口へと歩いていった。

「そう、だよね。そういうこともあるよね」

自分に言い聞かせるようなつぶやくと、自信なさげな笑顔を浮かべて、ゆっくりと伏見も歩きだす。

「藍《あい》ちゃんも、実は寂《さび》しいのかなー？　はは……」

「断ったよ」

「約束したからって無理に守らなくてもいいんだからね？　わたしは約束してくれたこと自体が嬉《うれ》しかっただけだから――」

俺の反応を見まいとしてか、歩調は徐々に早まっていく。

追いかけてその手を摑《つか》んで――なんていう想像はできたけど、足が動かない。

『姫奈は本当は――』

誰《だれ》かの声が脳裏をかすめる。

射すくめられたように、一歩を踏み出せない。

――裏切られた気分だった。

――好きだとわかりやすく表現してくれていたのに。

――本心ではそんなふうに思っているのかと思うと、嫌になった。

「たかやん、おはー」

ういー、と肩をぶつけてきたのは出口《でぐち》だった。

「何してんの。突っ立って」

「ああ、ちょっとぼーっとな」

まだお眠かよー、と笑って出口は俺を促す。

「行こうぜー。映画の感想、集まったやつ読んだんだけどなー？　なぁーんもわかっちゃいねえ。伏見さん可愛《かわい》い、姫嶋《ひめじま》さん可愛い、ばっか。っかぁー。たかやんのテクニカルな演出や構成を理解してるやつって全然いねえのな」

「マイナーな視点を持っている俺カッケーってやつ、ときどきいるけど、こんな身近にいたとはな」

「ふふ。褒めるなよ」

むしろディスってるんだよ。

「俺だけはわかってる感出すなって。普通は、演者の良し悪ししかわからないだろうし、俺は気にしてないよ」

「そんなもんかねー」

ふん、と鼻で息をつく出口。いつの間にか通《つう》ぶるようになってしまった。

上履きに履《は》き替えながら、出口は他のクラスメイトの反応を教えてくれた。

「みんな、客がかなり入ってるのを見て喜んでるし、感想も好評なものばっかかだから嬉しいんだよ」

「おん？　そりゃ良かったな、とは思うけど」

「あれを企画した伏見さんとめちゃくちゃ頑張ったたかやんに、お礼を言いてぇんだよ」

へへ、と出口は鼻の下をこする。

「古い照れ方すんなよ」

けたけた、と出口は笑ってばしばしと俺の背中を叩《たた》いた。


ホームルームで昨日同様の連絡事項、注意事項を担任から聞かされた。

「昨日の映画を見に来た人、二〇〇人超えたって？　すごいじゃん。拍手」

ワカちゃんが促すとクラス中から拍手が起きた。

「評判も良いみたいだし、私も鼻が高いよ。二日目はじまるけど、引き続きハメ外さないようにな」

そう締めくくって二日目がスタートした。

今日は完全にノープランなので、みんなどうするのか訊こうと思っていると、伏見の表情が硬くなっているのがわかった。

「昨日のリハは完璧《かんぺき》だったし余裕だよ。余裕。余裕なんだから……」

顔をしかめながらぶつぶつとつぶやいて、教室から出ていく。

「伏見」

「ごめんね。今日はちょっと一人にさせて」

気を紛らわそうと声をかけたけど、どうやら邪魔になってしまいそうだ。

ヒメジがやれやれと肩をすくめる。

「ああいうクソ真面目《まじめ》で根を詰めるタイプが、舞台で一番トチるんです」

「そういうこと言うなって」

ヒメジらしい皮肉だった。

「冗談ですよ。ちょっとくらい私だって楽しみにしているんですから」

あ、そうだ。茉菜が楽しみにしているって伝えそびれたな。

「んげ」

メッセージか何か送ろうかと思ったけど、茉菜なら直にメッセージを送ってそうだ。

携帯を見ているヒメジが嫌そうに眉《まゆ》をひそめた。

「松田さんが、あと三〇分で戻ってくるそうです」

「早ぇな」

「忙しいくせに」

「アイカちゃんが通う学校を一度見ておきたかったのよぅ、とか言いそう」

「ええ……まさにそのセリフを言ってましたね……」

辟易《へきえき》するようにヒメジは肩を落とす。

「残念でしょうが、そういうわけで私はオネエのお守りをしないといけないようです」

残念でしょうが？

「諒は、藍ちゃんがいない学祭なんて死ぬほどつまらないと思っているでしょうが、これぱっかりは仕方ありません」

冗談なのか本気なのかわからないトーンでヒメジは言った。

鳥越《とりごえ》は、昨日篠原《しのはら》が来ると言っていたので、そっちに付きっきりだろう。

「高森《たかもり》くんも、みーちゃんと一緒に学祭回る？」

篠原ってみーちゃんってキャラでもないから、その呼び方にいまだに違和感がある。

「いや、仲良い友達同士の輪に入るのもあれだからやめとくよ」

「そっか」

「何、何。たかやん、フリーなわけ？　今日どうするの？」

出口が俺を見かけて話しかけてきた。

「ああ。一人で映画のお客さんの反応見てようかなと」

「ナンパしようぜ」

去年もそう言っているクラスメイトがいたな。

「どうせ暇だろ？　行こうぜ！」

なあなあ、と肩を組んでくる出口に、俺が困惑していると、鳥越がぼそっと言った。

「出口くんって、好感度低いことを徹底的にするから、逆に好感持てるよね」

わからんでもない。そういうわかりやすい安心感とでも言うべきか。

「え。鳥越氏、それオレのこと好き——」

「あ、違う」

「早っ！」

「まあ、どうせ声かける勇気とかないんだろうけど」

その通りで、俺はやる気もないし声をかける気もない。

「オレがモテても知らねえからな！　なあ、たかやん！」

「ナチュラルに俺を巻き込むなよ」

何か言いたげだった鳥越には構わず、出口は俺を引きずるようにして校門のほうへ歩いていく。

「マジでやってやんよ……！」

意気込みは素晴らしい出口だった。

鳥越が変に煽るから、めちゃくちゃやる気じゃねえか。

他校の女子らしき子を見つけると、出口が「っしゃ」と気合いを入れて近寄っていった。

「あーぁ……通報されなきゃいいけど」

「タカリョー」

私服姿でやってきた篠原が怪訝な顔をしている。

「何してるの？」

「ナンパを見守ってる」

「もう、こんなときに何してるの……」

「俺もそう思う」

「そうじゃなくて……しーちゃんのほう。あの子、何してるの」

「篠原待ってるっぽい」

「わかった。ちょっと待ってなさい」

待ってなさい？

早足に篠原は校舎に消えていった。

「そうそう。オレ二年で、出口って言うんだけど――」

出口はいつの間にかギャル二人組に声をかけていた。数打つ気満々だな、あいつ。

「えー、何、おごりー？」

「いや、そういうわけじゃ……」

「じゃないと年上って意味なくない？」

「草。それな」

ギャハハと手を打って笑う二人に、出口の士気ゲージが目に見えて下がっているのがわかった。

「あ。茉菜来たじゃん！」

「ほんとだ。遅ぇし！」

「ごめーん。電車一本乗り遅れて――」

ギャルが三人に増えたと思ったら、一人はうちの妹だった。

「あ！　にーにっ！」

おーい、と手を振るので、出口がナンパしていたギャル二人がこっちを見た。

「あ。これ、茉菜んとこのにーに？　映画のアレでしょ」

「へぇ～～～。動画の編集とか鬼上手いんでしょ？」

好奇の視線が俺を足下から頭の先まで何往復もするのがわかる。

「そっ。これ、あたしのにーに」

照れくさそうに茉菜が俺を紹介する。

「何してたの。校門で」

「茉菜ちゃん聞いてくれ。こいつは、妹の友達とも知らずにナンパを――」

「はァ？　何してんの」

顔怖っ。

「たかやんは、おごらないと年上の意味ないとか言われて、心折られてたところで」

「それ全部おまえじゃねえか」

バシ、と出口の肩を軽くパンチする。

「あ、けどぉ、茉菜のにーにになら、おっけー！　一緒に回りたいよねー？　全然アリだし」

「うん。そそ。全然アリー。てかかなりありー！　映画の話とか聞いてみたさあるし！」

中三ギャル二人がぐいっと来るところを、茉菜が割って入った。

「無理だし！　無理無理！　にーにって、ええっと、トイレ一人じゃできないくらいヤバいやつだから！」

「おい嘘《うそ》つくな」

嫌な評判の落とし方やめろ。

「妹の友達のギャル……展開熱っ」

「そう思えるおまえは得な性格してるよな」

はあ、と俺はため息をつく。

ギャルの友達二人と茉菜を比較すると、シスコンって言われるだろうけど、茉菜はひとつ頭抜けて可愛いな。

「にーには無理だけど、デグーは大丈夫。お金あるから鬼おごってくれるし」

茉菜が生贄《いけにえ》を差し出した。

「マ？」

「マぁ〜？」

ギャル二人が目を輝かせると、脈ありと踏んだのか、出口が決め顔で自分を指差した。

「まあな。…………じゅ、ジュースくらいなら」

ぼそっと最後に言った声は届かなかったのか、ギャル二人はノリノリだった。

「え、じゃ行こー」

「茉菜はどうすんの？」

「あたしは……。にーに、案内してー」

「俺かよ」

「『ブラコンやばー』」

いたずらっぽく茉菜はべっと舌を出した。

「兄妹なのに家で絶対チューしてるって」

「それなー。っぽさある」

してねえよ。言われ放題だな。

「たかやん、オレはやるぜ」

覚悟を決めたような顔をする出口は、そう言い残して年下ギャル二人を連れて出店のほうへ歩いていった。

やるぜって意気込んでたけど、財布としか思われてなさそうだぞ、出口。

「中学のと規模感違うよね」

「まあな。中学は、店とかないしクラス発表もお堅いものが多いし、見てて楽しくはないよな」

あちこち見回す茉菜だったけど、何かに気づいた。

「親方も来てる?」

「さっき来たよ」

「あたし、親方と回るからいいや」

「あ、そう?」

呆気《あっけ》にとられる俺は、ぽつんと残された。結局一人になってしまった。

教室のほうへ戻ろうとすると、鳥越を見つけた。

篠原とはぐれたのか、別れたことに何も言わない。ぼっちになった俺からするとタイミングがよかったので、そのまま二人で校内を回ることにした。

「行きたい場所?　とくにない、かな……」

回ると言っても、鳥越がこんな感じなので、各教室の前を素通りしていくだけで終わった。

「高森くんは、小説読んでくれた?」

「ああ、途中まで。みんな読むの早いんだよ。俺めちゃくちゃ遅くて。悪い」

「ううん。全然。読み終わったら感想聞かせてね」

「おう」

二日目となると、各クラスで何をやっているかだいたい把握しているのもあって、行く場所も限られてくる。とくに鳥越がクラス発表系のものに何も興味を示さなかったから余計に。

「小説書いてて、これってあの作品のパクリなんじゃゃ、とか思ったり、この人物って誰かと被ってないかってすごく心配になって」

鳥越は普段よりも饒舌だった。学祭の浮かれた雰囲気がそうさせるんだろうか。俺は書いていたときのことを教えてくれる鳥越に、相槌を打ちながら話を聞いていた。

昨日食べられなかったらしいカレーを鳥越が買うので、俺もそれに付き合うことにした。

フリースペースは、昨日と違い人がたくさんいた。他に落ち着ける場所を探して歩き、最終的に、特別教室棟の人けのない階段に腰を下ろした。

プラスチックの安っぽいスプーンで吹奏楽部が作ったカレーを口に運ぶ。

「ひーな、大丈夫かな。すごい緊張してたみたいだし」

「ヒメジが、ああいうヤツがミスるって言ってたもんな」

ライブ経験豊富なヒメジからしたら舞台あるあるなんだろう。でもリアリティがありすぎて余計心配になる。

「なんでああいうこと言っちゃうかな、ヒメジちゃんは」

「らしいっちゃらしいんだよ。伏見にはとくに先輩風吹かしたいし、ちょっとチクっと上から目線で刺しておきたくなるんだろ」

伏見とヒメジは幼馴染でもある以上に、特別な関係でもある。

芸能の道に進んでいるヒメジとそれを志している伏見。意識しないほうが難しいだろう。

「演劇部の公演って人気みたいだよ。去年体育館いっぱいになったんだって」

あの体育館がいっぱいになったのなら、五〇〇人くらいは余裕で入ったんだろう。

「人から聞いたみたいに話すな？」

「うん。去年見てないから」

「俺も」

目が合うと、お互いに小さく笑ってしまう。

ちょうど窓から見える体育館の扉のあたりで、折り畳み椅子《いす》を運び込んでいる生徒の姿が見える。

すでに空になっているカレーの容器は、重ねて足下に置いてあった。

学祭の話や、映画の感想の話、また鳥越の小説執筆の話に戻ったり、と話し込んでいたせいか、時間があっという間に過ぎていく。

「あと一時間か」

なんかこっちが緊張してきた。

「あのさ……。後夜祭なんだけど――待って。何も言わないで」

俺が声を発しようとしたところで鳥越が遮《さえぎ》った。

「もし…………」

何度も迷ったように口を開閉して、髪を触ったり落ち着きがない様子だった鳥越が、こっちを向いた。

「もし、相手、私でも、い、いい……、いいなって思ったら――……、物理室……に来て。そっ、それだけ」

前を向き直った鳥越は、横顔を髪の毛で隠す。全精力を使いきったかのように、肩で何度も息をしていた。

「わかった」

物理室という単語を聞いて、はじめて会った日の昼休憩を思い出した。

「考えることがおんなじやつがいるんだなって、鳥越をはじめて見たとき思ったよ」

「……昼休憩、物理室でこっそり過ごしているってこと？」

「そう。そのときは鳥越とクラス違ったけど、俺みたいに教室にいることがしんどいぼっちが他にもいるんだなって。それがわかって、なんか、ちょっとだけ嬉しかったんだよな」

「わかる。私もそう思ったから。爽《さわ》やかそうな顔してるくせに、昼休憩一緒に過ごせる友達いないんだって意外だったから」

お互い連帯感というか、仲間意識みたいなものがあったからだろう。話しかけるまで、時間はそれほどかからなかった。

「徐々に私は、高森くんに浸食されていったんだと思う。昼休憩自体は憂鬱《ゆううつ》だったけど、お昼ご飯を食べるのが少しだけ楽しみになって。その連絡先も知らない違うクラスの男子は、ときどきいないこともあって」

「ああ、ときどきサボったからな、学校」

「うん、そう。あとで聞いたら全然真面目じゃなくて、それも私にとってはすごく意外だった。あそこにあの時間ああしていてくれることが、私には救いだったんだよ。高森くんは、こっちの触れてほしくない場所には触れないし、それを自然にわかっていて、一人だけど孤独にはしないくらいの絶妙な距離の取り方だったんだよ。そのほどよい優しさと間と空気感が、私は無自覚に好きだった」

何話してんだろ、と鳥越はつぶやいて、足下のゴミを手に取った。

「行こ。ちょっと早いけど」

鳥越は立ち上がってスカートの埃《ほこり》を軽く払った。

「ゴミ、俺が捨てるよ」

手を差し出すと、歩きだした鳥越は前を向いたまま言う。

「ねえ。あの頃もし私が好きって言ってたら、私のこと好きになってくれた？」

「……うん。かもな」

教室で上辺《うわべ》の会話をするクラスメイトたちよりも、ほぼ無言だった物理室で共有した時間のほうが中身があった。

終始うつむきがちで鳥越の表情は見えない。かと思ったら、足を止めて一点を見つめていた。

「あれって、もしかして――」

ぽつりとつぶやいた鳥越は駆けだして、思い出したかのようにこっちを振り返った。

「高森くん、先行ってて。私、トイレ行くから」

俺は曖昧に返事をして体育館に向かった。

体育館にやってくるとすでに中は暗幕が張られていて、外からの光を遮っていた。

「去年よりも多くない？」

「伏見さん出るからでしょ」

「あーぁ。らしいね」

適当に座った折り畳み椅子の周囲からそんな声が聞こえてくる。学校で一番有名なのは、やっぱりヒメジじゃなくて伏見なんだなと改めて思う。

「一人で何してんのよ、色男」

後ろから肩を叩かれ、聞き覚えのある声だと思って振り返れば松田さんがいた。シャレた格好に今日は伊達眼鏡《めがね》をかけている。色男はそっちだろうに。

「松田さん一人ですか？　ヒメジは……」

「アイカちゃん？　学校見て回ったあと、はぐれちゃって。ああ、映画、良かったわよ。中身は知っていたけれど、手作りの劇場の雰囲気も、自主制作感があってとっても良かったわ」

「本当ですか！　良かったです」

「何回見ても、下手くそなアイカちゃんは笑えるわ」

「そこイジると本気で拗《す》ねますよ、あいつ」

「……だからかしら。姿が見えないのは」

もう遅かったか。

「見つけたわ。行ってくるわね」

そう言う松田さんを見送って、俺は鳥越を探す。トイレって言っていたから、もう少ししたら来るはずなんだけど――。

埋まりつつある席を一度確認して、出入口に目をやって、また席に座っている生徒を見て――、それを繰り返しているうちに、ふと一人、目に留まった。

「……あれ？」

芦原さん……じゃないか、あれ。それとも人違い……じゃない。

普通にいる。

来るとしたら、サングラスをかけたりして変装するもんだとばかり思っていたけど、何もしていない。

オーラを消すと表現したらいいのか。周囲にいる人は誰も気づいていない。

ここの空気に馴染んでいる。

前見たときは、年齢以上に若く見えたけど、今は年相応だった。老けているという意味では決してなく、年齢不詳の綺麗《きれい》なお姉さんといった雰囲気だった。

隣にマネージャーらしき女性が一人いて、真面目そうな顔で何かをしゃべっている。

そのとき、芦原さんとふと目が合った。

俺が軽く会釈をすると、気づいた向こうも小さく返した。

わざわざ来てくれたんだ。

このことを今すぐ伏見に伝えたい。けど、これ以上緊張させるようなことはしたくない。いや案外、伝えたほうがはりきるんだろうか。

「良かった」

安堵《あんど》のため息をついて俺は椅子に深く座る。そのとき、制服のポケットに違和感を覚えて手を突っ込んだ。

取り出してみると、小さく折り畳まれた紙が入っていた。

なんだこれ。

丁寧に畳まれているそれをゆっくりと開いていく。中にはヒメジのものらしき文章が書いてあった。

『後夜祭、グラウンドの中央で待っています』

いつの間にこんなものが。怪しいとすれば松田さんか。

らしい待ち合わせ場所だった。

後夜祭はグラウンドで行われる。場所だけは決まっていて、グラウンドのどこにいなくてはいけないなど細かいルールはない。各々好きな場所で好きな人と踊るのが習わしらしい。

グラウンドの隅でカップル同士がイチャイチャと踊るイメージなんだけど、転校生のヒメジはそれを知らないのか、それとも知っていて場所を指定しているのか。

中央ってきちんと書いてある。一番目立つところ。あえて指定してそうだな、これ。

『今までダンスと歌とビジュアルでお金を取っていた私が踊るんですよ。相応の場所を選んだだけですけど』とか言いそう。

うーん、目に浮かぶ。

ヒメジは、一緒にいて飽きないやつだった。

夏休み、カメラを事務所に借りた帰りに二人きりで遊んだときも、学祭を見て回った昨日も、つまらないって思ったことが一度もない。

それは幼いときからそうだった。

今思えば、自信家の片鱗があったんだろう。行動力があって自分の意見をはっきりと言って、どんどん俺を引っ張ってくれた。あそこに行こう。あれをやろう、こうしたら楽しい――。ハズレがないヒメジとの遊びは楽しかった。

好きだった。恋というには幼くて、今考えれば好きに当てはまらないかもしれないけど、確かに当時好きだったんだと思う。

転校して戻ってくると、ヒメジはアイドルになってアイドルを辞めていた。そんな大事件を経たせいか、いつの間にか人として強くなっていた。

変わってないものもあったけど、お互い変わった。離れ離れになった小学生の頃と違い、当時よりも俺たちは大人になった。

天狗になるから言わないけど、ヒメジの仕事への取り組みやそのスタンスを俺はちょっとだけ尊敬している。

常に真《ま》っ直《す》ぐで、自分を過剰なくらい最大限信じられるヒメジを、俺はカッコいいと思う。

俺は畳み直して、ポケットに手紙を戻した。

鳥越を探してはみたものの見当たらない。空席がどんどん埋まっていき、鳥越用にと思っていた席も一年生らしき女子が座った。俺はおおよその居場所を伝えるメッセージだけを送ることにした。

前から十列目くらい。やや中央。いい場所取ったと思ったんだけどな。ヒメジも松田さんも、別の場所で見るつもりなんだろうか。

天井《てんじょう》の照明が少しずつ落とされていく。

『これより演劇部による公演「ダイアリー」がはじまります。お手元の携帯スマートフォンはマナーモードか電源をオフにして、周囲のお客様にご配慮いただきますようお願い申し上げます――』

二階通路から照明が焚かれ、緞帳《どんちょう》で閉じているステージ方面が照らし出された。

学祭案内に書いてあったあらすじでは、死んでしまった主人公の少女が幽霊になり、恋人だった彼のもとへやってくる、という恋愛ものだった。

伏見は、主人公の彼氏の現恋人役で、準主役級の役どころだそうだ。

開演のブザーが鳴らされると、幕がゆっくりと上がっていき話し声が聞こえなくなっていった。

◆伏見姫奈

通販サイトで取り寄せた衣装の制服は、おろしたてで新しいにおいがした。わたしの制服と違ったセーラー服。胸元《むなもと》のリボンは白。

演出を担当している部長さんのセンスみたいだけど、届いて開封したあと、みんなが可愛いと言うので、わたしも同意しておいた。正直、うちの制服も可愛いと思うから違いがよくわからなかった。

学校の制服でいいんじゃないか、と思ったけど、既視感はないほうがいいという部長さんの意見が採用された。

開演のブザーが鳴り、幕がゆっくりと上がっていく。

主役ユミを演じる三年生女子とその彼氏ケイゴ役が、冒頭の付き合いはじめるシーンを開始している。

「俺と付き合ってください！」

「私なんかでいいの？」

「もちろん！」

それをわたしは舞台袖《そで》で見守っていた。わたしの登場シーンはもう少しあと。死んで幽霊になってしまう主役から、恋人を奪う女子リイナ役。わたしは最初台本を読んで嫌な子だなと思ったけど、悪い子ではないとわかりセリフに共感できるようになった。

「舞台踏むのは何度目だっけ」

モブ役でもある部長さんがこっそりと尋ねてくる。

「えっと、四度目です」

思わず盛ってしまった。本当は二回目なのに。

「じゃあ、そこまで緊張しないかもね」

「そんなことないです」

わたしは苦笑いで首を振った。一度経験しているとはいえ、映画のようにミステイクは出せない。怖いもの知らずだった初回とは緊張の方向が違った。

緊急の助っ人として呼ばれた身でもある。音響一人、照明二人、演者は六人ほどの小さな演劇部の手作りの舞台だ。足を引っ張るような真似はできない。

わたしも自身が納得いくお芝居を、一発で決める。

一発で決める――。

諒くんはあれから何も教えてくれないけど、お母さんが見に来ている可能性がある。恥ずかしい真似はできない。

舞台上では物語が進行し、主人公が事故死し幽霊になった。舞台全体を照らした照明が、スポットライトへ変わる。主人公ユミ一人を浮かび上がらせ、冒頭最後のセリフ、「私、誰にも見えてないの――!?」が体育館によく響いた。

何度も見てきた冒頭が、あっという間に終わる。

舞台が暗転し、慌ただしく次のシーンで使う机と椅子が並べられた。

わたしは、ぱちんと頬を叩いた。

暗転する中、舞台中央の席に着く。隣にいるケイゴ役の男子と客席に向かい合うような並びだった。

リハーサル通り、わたしが席に着いてから、一、二……と頭の中で五秒を数える。

わたしの耳の奥でカチンコが小気味いい音を上げて鳴り、舞台が明転した。

「ケイゴ、いつまでヘコんでるのー？」

女性が嫌うタイプの女性リイナは、頬杖《ほおづえ》をつきながらケイゴを見る。

「もう半年だよ。そりゃ、悲しいのはわかるけどさぁ」

諒くんの構えたカメラは、わたしの表情を細かくピックアップしてくれたけど、今それはない。

演劇の芝居は、舞台上では、わかりやすく、大きく。

立ち上がって、説明くさいセリフを言いながら、席の周りをウロウロして、あからさまに色目を使う。

嫌な子だなぁ、と演じながら頭の片隅でうっすらとまた思う。

「遊びに行こうよ。塞《ふさ》ぎ込んでても仕方ないでしょ？」

幽霊になったユミが見ているとも知らず、リイナはケイゴを遊びへと連れ出す。リイナのおかげもあって、ケイゴは徐々に元気を取り戻していく。黒子が忙しなく小道具を下げては入れ替えていった。

セリフの合間に、覗《のぞ》き見ているユミが心情を語っていった。生きているリイナに嫉妬《しっと》し、元気を取り戻したケイゴの姿に安堵し、言葉を二度と交わせないことが切なく、やがて諦《あきら》めへと変化していく。

「好き……なんだよね。ケイゴのこと……」

わたしの告白シーンは、当初ただのセリフでしかなかったけど、稽古をするうちに気持ちを乗せられるようになった。セリフをわたしに置き換えたことがきっかけだった。

客席に諒くんがいるのが見える。変なタイミングで視界に入らないでよ、諒くん……。間が悪いというか……、ちょっとだけ気まずい。お芝居だからね、これ、お芝居。それはそうと、他のみんなはどこにいるんだろう？

迷うケイゴは、答えを保留して帰ろうとする。そのときに落としたハンカチに主人公のユミが気づく。想《おも》いの強さ故か、軽い物なら持てるようになったユミは、ペンを使い筆談をはじめる。

一旦《いったん》わたしは捌《は》けて、ケイゴと幽霊の交流がはじまった。

こういう展開の映画あるんだけど、脚本を書いた部長さんは知っているのかな、と改めて心配になる。藍ちゃんなら真っ先に指摘しそうだけど、腰かけ助っ人なので、細かいことに口は出さないでおいた。

自分の正体を明かさないユミは、自分の気持ちを押し殺し、リイナを推す。

「何迷ってるの？　リイナ、めっちゃいい子だよ。付き合っちゃえばいいのに」

声が届かないとはいえ、わたしは好きな人を前に、あんないい子にはなれない。

やっぱりわたしは悪い子で、頭のどこかで計算をしてしまうし、可愛く見られたいし、他の誰かが好きだったとしても、わたしを好きになってもらえるように尽くしてしまう。

舞台袖で渡されたペットボトルの水をひと口飲み、登場の出番になったので、またわたしは舞台に立つ。

とあることで幽霊の存在を知り、その正体がユミだとわかるシーンからだ。

「ユミちゃん、なの？」

わたし……リイナにとっての山場を迎えた。

「ケイゴは生きてるんだよ！　ユミちゃんがそんなふうに現れるから――」

筆談ではあるけど、セリフを語るユミ。また諒くんの姿を確認したくなる。集中は途切れさせないまま、そっちを一瞥しようとしたときだった。

わたしにとっては、客席のその場所だけスポットライトが当たっているように思えた。

知っている人。テレビの中やＤＶＤで見かける人。鏡に映ったわたしに、雰囲気がよく似ている人。

お母さん。

「私だって、幽霊になんてなりたくなかった！　ケイゴのことは好きなままだし、簡単には忘れられないよ！」

意識を舞台に戻した。先輩の迫真の演技に、お客さんが引き込まれているのがわかる。

次はわたしのセリフだ。

……。

「………」

あれ。

なんだっけ。えっ、あれ、セリフ――。

頭が真っ白になる。台本はなんて書いてあったっけ。セリフを思い返そうとしてもダメだった。映像として思い出した台本は、わたしのセリフ部分だけ空白になっている。たしかにわたしのセリフがそこにあるはずなのに。

出てこない。

もう何時間もこうしているかのようだった。

静まり返った舞台と体育館の沈黙が、体全体にのしかかる。

静寂が耳に痛い。

息が詰まる。

異変に気づいたユミ役の先輩が口をパクパクとさせて、セリフを言ってくれるけど、距離があって聞こえない。

舞台袖も慌てていた。カンペを作ろうと急いでいる。

泳いだ視線は、助けを求めるように諒くんを捉《とら》えた。

心配そうな眼差《まなざ》し。わたしと目が合ったことに気づくと、小さく笑ってうなずいた。

映画の撮影のときに何度も目にした表情だ。

そうだ、セリフ――、わたしの状況に置き換えて気持ちを込めるようにしたんだっけ。

記憶の中に沈んでいるセリフを、手繰《たぐ》り寄せていく。

お母さんに見てもらいたかったけど、一番はやっぱり――。

わたし、こんなお芝居もできるんだよって、諒くんに見てもらいたかった。

ああ、そうだ。そうだった。どうしてこんなに簡単なセリフを。

セリフの輪郭をようやく捉え、思い出す。

もう一度わたしはリイナになる。リイナのセリフは、わたしの言葉でもあった。だからわたしは、わたしになる。

客席がざわつきだしたと同時に、セリフが出た。

「わたしは、負けないから！」

◆高森諒◆

会場全体が安堵したような空気に包まれていた。たぶんそれは、演者も裏方も同じ気持ちだったからかもしれない。

時が止まったように、舞台上はシンとしていた。五秒から一〇秒くらい。

誰のセリフからはじまるのかと思ったら伏見からだった。そういう間の使い方だったんだろうか。

大きな身振りで、「わたしは、負けないから！」と宣言をする伏見……もといリイナ。

さっきから何度か合っていたと思っていた目線は、やっぱり合っていたらしく、俺と伏見の視線がぶつかる。


「わたし好きなんだよ――――っ‼」


伏見の声が、体育館に響き渡る。

泣き出しそうな、切なそうな表情で、伏見は一点を見つめていた。

「他の誰かと仲が良くて、ちょっと嫌な気分になっても！　視界の片隅で追いかけちゃうし、離れていると、今何してるかなって考える！」

セリフとはいえ、ドキリとしてしまう。

それは、ここにいる男子みんなそうなのかもしれない。

学校一の有名人で、全男子の恋人と称されるくらい、一度は恋人として妄想したことがあると言われるほどの女の子だ。

そんな子が、幼馴染だからって俺だけが特別だとは思わない。

「友情の延長だなんて言わせない！　愛着だなんて言わせない！　恋をしているわたしのこの気持ちは特別なんだから！」

……いや、違うんだ。

伏見は、俺には違った表情を常に見せてくれていた。それが他の人と同じはずがない。伏見が、俺が嘘をついているかなんとなくわかると言ったように、俺も伏見に対して同じ感覚を持っている。

いつだって伏見は表現してくれていた。

俺は過去の記憶か何かで、違う方向ばかりに足を踏み出してしまっていたのに、愛想を尽かすどころか、それでも懸命に……。

この数か月のことを思い返すと、後悔ばかりが先に立ち胸が詰まった。

演劇が進んでいき、完全に恋敵という形でユミとリイナは決別する。ユミとケイゴの交流は続いていき、想いを果たしたユミはやがて成仏する。エンディングは、生まれ変わったユミが会社の上司であるケイゴと再会するというところで幕が降りていった。

万雷《ばんらい》の拍手が打ち鳴らされる。俺も目いっぱい手を叩いた。

余韻も良く、あとで誰かに話したい気分になった。

芦原さんはどうだっただろう、と席に目をやると、そこは空席になっていた。

いない……？

マネージャーらしき人もいないから、帰ってしまったんだろう。

立ち上がった俺は、混み合う出入口の人垣を押しのけて外に出る。

そこまで遠くには行ってないはず——。

走って正門まで行くけど、それらしき姿はない。

だとしたら……来客用の駐車場か。

方向を変えて駐車場へ駆けていく。

駐車しているタクシーに女性が一人乗り込もうとしている。もう一人はすでに乗っていた。

あれだ。

空港かどこからか乗ってきたタクシーを待たせていたんだろう。

「芦原さん！」

息を切らせながら、俺は声を上げた。

マネージャーが不審そうな顔で眉をひそめると、タクシーにさっさと乗り込んだ。

ドアが閉められたところで、後部座席の反対側の窓が開いた。

「伏見は――、あなたに見てもらうために頑張ってて――、何かひと言だけでもかけてあげてくれませんか」

「私じゃないわよ。諒くん」

「はい？」

「頑張ってたのは、私のためじゃなくて――……」

不自然なところで言葉を切った芦原さん。中でマネージャーと何か話して、ドアを開けて降りてきた。

女優とは思えないぎこちない表情を浮かべて……俺の後ろに視線を送っている。

振り返ると、衣装のままの伏見が走ってやってきたところだった。

「お母さん」

「セリフ飛ばすなんてね」

「うん。でも思い出したし、り、リハは完璧だったんだよ！」

「ううん。そうじゃなくて。…………私も経験あるから、気持ち、わかるわよ」

困ったように笑う表情は、伏見によく似ていた。

「そうなんだ」

「姫奈、下手くそね。お芝居勉強してあれなら、芸能の世界はやめておいたほうがいいわよ」

俺はそこまで下手くそとは思わなかった。なんならあの舞台の演者で一番上手かった。もしかすると、親だからこそ厳しい言葉をかけているのかもしれない。

「これからもっと勉強して上手くなるから大丈夫」

「今あるものを大切にしたほうがいいと思うわ。背伸びはせずに。大切なものが大切なままでいてくれる保証なんてないんだから」

「わたしは、大丈夫だよ。お母さん」

「そう。……無理せずに、今を楽しんでね」

「うん」

「体に気をつけてね」

「うん……」

うるる、と伏見の目がうるんでいるのがわかった。

二度と会えないわけじゃないんだから、泣かなくても。

俺が苦笑いをしていると、話の矛先が俺にも向いた。

「諒くんとは、相変わらず仲が良いのね」

「うん」

「ちっちゃい頃からそうだったから……」

一度迷うように目線をそらし、うつむいた芦原さんは、顔を上げると真っ直《ま》ぐ《す》にこっちを見た。

「舞台を見る前、姫奈のお友達の女の子に偶然会って話しかけられたわ。黒髪のおさげの子」

鳥越か。

先に行っててと言ったとき、鳥越は芦原さんを見つけていたんだ。

何を話したんだ……？

「高森くんが恋愛に臆病なのはあなたのせいじゃないのかって。もし、そんなふうに傷として残ってしまっていたなら、ちゃんと謝らせて」

話が見えずにいると、芦原さんはそのときのことを教えてくれた。

「覚えてないかしら。姫奈はあなたのことは好きでもなんでもないって、嘘をついてしまったこと」

その言葉で、当時の記憶とセリフが像を結んだ。

俺と伏見が遊んでいるときのことで、芦原さんが敵を見るような冷たい表情でボソっと言ったんだ。

『姫奈はあなたのことを本当は好きじゃない』

知っていたのか、伏見は何も言わない。

俺はそのときの印象で、怖い人と思い込むようになったんだと思う。

「……嘘なのよ。あれで女性不信になっていたのなら、本当にごめんなさい」

じゃ、俺が当時伏見に感じた嫌な気分っていうのは、その発言が原因なんだ。

表面上の態度と本当に思っていることは別――。そう心のどこかで思ったあれは、芦原さんの言葉が原因だったんだ。

それじゃあ、伏見は一貫して――。

「あの頃から姫奈は諒くんのこと、好き好き大好きって感じだから」

「あぁぁぁっ、お、お母さんっ！　へ、変なこと言わないで！」

んもう、と伏見は頬を染めて、困ったように眉をハの字にしていた。

タクシーの中から声をかけられた芦原さんは小さく何度かうなずいた。

「ごめんなさい。もう行かないと」

「お母さん！　どうだった、舞台」

「ベタな脚本で、姫奈も勉強しているって言った割に下手っぴで」

「うぅ～、そ、そうですか」

不満そうに伏見は目を細めている。

「セリフが飛んだあとの芝居は良かったわよ。誰に言ったのか知らないけれど」

うっすらと赤かった頬が、顔全体に広がってどんどん伏見が体を小さくしていく。

「またね」

くすっと笑った芦原さんが再び乗り込むと、左へウインカーを出したタクシーが駐車場から出ていった。

6　後夜祭

あんなに賑やかだった各クラスの装飾物や掲示板に貼《は》られた宣伝用のチラシの一切《いっさい》が取り除かれると、いつもの風景である廊下や教室は少し寂《さび》しそうに見えた。

全校を上げての学祭の片づけが終わると、全校集会で実行委員長から総括と学祭の終わりが宣言された。

「今年も後夜祭はグラウンドでダンスをするので、来たい方は来てください」

去年同様アナウンスがあった。

鳥越《とりごえ》もヒメジも伏見《ふしみ》も、学祭の片づけからとくに何も話していない。

「誰《だれ》誘おうかなー？」

出口《でぐち》は物色するように周囲の女子を見比べている。

「グラウンドで踊るとカップル認定なんだろ？」

俺《おれ》が尋ねると、「まあな」と曖昧に返事をした。

出口が特定の誰かが好きという話は聞いたことがない。

「決めた。鳥越氏……」

「うん――、うん⁉　好きだったのか出口」

思わず二度見をして訊いた。

「好きっちゃ好き。受けてくれたら、その気があるってことだろー⁉　じゃあ行くしかねえだろ！」

なんという大雑把な。

呆《あき》れるというか、こういう雑なところも愛嬌として片づけられるのが、出口のキャラなんだろうな。

「とっ、鳥越氏――――！」

鳥越を補捉した出口が、勢いよく走っていった。

伏見と鳥越、ヒメジとちょうど三人が固まっていて、追いついた出口は鳥越に話しかけている。

鳥越は表情ひとつ変えず何かを淡々としゃべっている。

所用時間は一〇秒くらい。

しょぼん、と肩を落とした出口がフラフラとした足取りで体育館を出ていった。

そういう男子は一人ではなく、撃沈されたその場でぼんやりしていたり、膝《ひざ》を抱えていたりしている。

アナウンスされた開始時間まであと一五分ほどあった。

体育館から見えるグラウンドでは、実行委員が音楽をかける準備をしており、テストを繰り返している。

体育館を出て、がらんとしている教室に戻った。後夜祭に出ない人はすでに帰っているのか荷物がない。

ヒメジと鳥越は鞄《かばん》があったけど伏見はない。

そういえば、伏見との待ち合わせ場所を決めてないことを思い出した。

電話をかけたけど出ない。

教室の時計ではあと五分ではじまる。

俺はひとつの可能性に気づく。

鞄がないってことは……。

もしかして――。

俺は廊下を走り、上履きを脱ぎ捨て雑にスニーカーを履《は》き、昇降口を飛び出した。

帰宅する生徒の中に伏見の姿を探すけど、見つけられない。

俺が細かく訊かなかったせいかもしれない。待ち合わせ場所。伏見から言ってくれるもんだとばかり思っていた。

切れる息を整えながらもう一度電話をかけたけど、やっぱり出ない。

いつもの駅まで走って向かう。変な目で見られたけど気にしなかった。

帰ったのか、あいつ？

「ごめん。伏見なかった？」

ちょうど通りがかったクラスメイトに尋ねても首を振られるだけだった。

また急いで学校に戻ると、グラウンドでは後夜祭がはじまったところだった。

他のやつと——？

そう考えると胸がモヤモヤする。ざっくりと確認をしてみたものの、グラウンドに伏見の姿は見えなかった。

「姫奈《ひな》ですか？」

きょろきょろしていると、視界にヒメジが入り目が合った。

「見てない？　見当たらなくて」

「待ち合わせ場所決めてないんですか？」

はぁ、と呆れたようにヒメジはため息をつく。

「姫奈も姫奈ですが、諒《りょう》も諒です。世話が焼けますね」

「ヒメジ」

俺が呼ぶと、平静だった表情が少し硬くなった。

「……はい」

「ごめん」

「……はい」

硬かった表情が、わかっていたと言いたそうに、硬いままゆっくりと笑みの形になっていく。

「姫奈に連絡取ってみます。何かあったら教えますから」

「ありがとう」

俺は伏見を探して走りだす。

どこかで待ってるのか？　帰ってないなら、電話に出てくれてもいいだろうに。

俺がウロチョロしているのが見えたのか、ガラ、と上の階の窓が開いた。

「高森《たかもり》くん！」

振り仰《あお》ぐと上から俺を呼んだのは鳥越だった。

「ひーな、あっちのほうに――！」

指差した方角は、裏門のほうだった。

「鞄も持ってたから帰るつもりなのかも！　声かけたけど無視されて――」

裏門のほうから帰ることもできる。ただ、いつもの通学路と違いかなり遠回りにはなる。

なんでそんな真似を、と思った俺に鳥越が続けた。

「自分が選ばれないかもしれないから、ひーなは逃げてるんだよ！」

逃げてる――そうかもしれない。

駆けだしそうとした足を俺は止めた。

「鳥越！」

「い——行って！　何も言わないでいいから！　うぅ……バカっ！　死ね！　結局顔じゃん！」

らしからぬ暴言を吐いたあと、窓枠から鳥越はすっと消えた。

鳥越が指差した裏門から出ると、駅までの遠回りの道を走る。

ようやく見つけた伏見は、電柱に寄りかかるようにして座っていた。

「……電話、出ろよ」

切れる息の中、俺は苦情を送る。

うつむいたままつま先を見る伏見は、まだ顔を上げない。

「もう後夜祭終わった？」

「さっきはじまったよ」

「そうなんだ。しーちゃんのところ、行かないでいいの？」

「行かない」

特別な友達だった。

鳥越は俺が孤独だった頃、唯一の拠り所だったし、昼休憩のあの空間だけは呼吸をするのが楽だった。

取り繕う必要がない、いいところを見せなくても、笑うことも笑われることもない。自然体

でいられるのが鳥越だった。鳥越がもしもの話をしたけど、知り合ってしばらくして告白されていたら、俺はあっさりとオッケーしたかもしれない。

恋愛のいろはは、今もよくわからないけど、特別な感情を真摯に受け止めて受け入れようと思うくらいには、特別だった。

告白をしてくれたけど、そうならなかったのは――。

「じゃあ藍《あい》ちゃんのところ、行かないでいいの？」

「行かない」

遠回りしながらの確認に、俺はしびれを切らした。

「伏見のところに来たんだよ」

伏見がゆっくりと顔を上げる。

自信なさげな表情で、俺を窺《うかが》っていた。

「約束をしたからとか、そういうのに縛られたわけでもない」

先回りをして俺は否定をする。

ヒメジは、特別な幼馴染だった。

良くも悪くも自己主張が強くて、行動力があって、芯《しん》が通ったやつで、俺なんかとなんで今も仲良くしてくれるんだろうって不思議に思うくらい、人間的にも魅力のあるやつだった。

幼い頃、芦原《あしはら》さんの発言で俺が伏見に不信感を持つようになり、徐々に好きになった幼馴染だった。

転校したあとも、アイドルになったあとも、色んな人と知り合う大人の業界でも、俺とのことを覚えてくれていた。

ヒメジが転校することがなかったら、と今にして考えると、伏見が約束を被《かぶ》せてくることもなかっただろうし、俺たちは幼い頃の気持ちのまま、中学生、高校生になったかもしれない。

そこまで遠くない学校から、風に乗ってゆるやかな曲調のダンス曲がかすかに聞こえてくる。

俺は手を差し出した。

「……」

何も言わないまま、伏見は手と俺の目を交互に見ている。

俺にとって伏見は、特別な女の子だった。

伏見のことをそもそもなんとも思っていなかったら、芦原さんの発言にショックを受けることもなかっただろうし、恋愛そのものに距離を取るような、変な思考回路にもならなかったと思う。

結果的にトラウマになってしまったのは、俺が当時から伏見のことが本当に好きだったからだ。

嫌なことを言われても、伏見のことを信じられなくなっても、小学生中学生高校生……こうやって長年関係が続いている。

心のどこかで感じていた好意的な気持ちに、俺は真正面から向き合えなかった。

本当はそんなこと思ってなくて、俺の勘違いなんじゃないか、とか。みんなにそうしていて俺はその他大勢の一人でしかない、とか。伏見に対して、見たもの感じたものに、否定から入るようになった。

俺の気持ちは、変な癖《くせ》がついた思考回路を経ると、安全で無難な俺が最も傷つかない発言と行動を選択するようになっていた。

なんで俺がこんなに偏屈になったのか。

なんで俺がこんなに臆病になったのか。

なのに、なんでこんなに長年関係を続けられたのか。

それは偏《ひとえ》に――。

「今日でも昨日でも、待ち合わせ場所、決めておけばよかったな。考えておけばよかった」

話しかけると、何かを押しとどめるように、伏見が口をへの字にして真っ直《ます》ぐ見つめてくる。

「……今まで俺のせいで、伏見のことをいっぱい傷つけたと思う。俺のことを嫌になったこともあると思う」

いつの間にか日が暮れて、街灯がぱっと灯る。俺と伏見を薄闇《うすやみ》から浮かび上がらせるように。

「それでもいいなら、俺と踊ってほしい」

「はい。喜んで……」

への字にした口がようやく開いたと思ったら、震え声だった。俺の手に手を重ねると、掴《つか》んで立ち上がらせた。

「ここじゃ、踊れないね」

「そうだな。……学校戻るか」

伏見が抱き着いてくる。ふわりとした羽みたいに柔らかい体と、背中に回された腕にはっきりとした意思を感じる。

今ならその好意を、真っ直ぐに信じられる。

好きになっていいんだ。

俺も背中に腕を回した。

「ダンスって、こんなのだっけ」

「ふふ。違う。でも、これでいいかな」

くすぐったそうに伏見が俺の胸で笑う。

目の前のこの女の子を愛しく思う。

俺、伏見のことが好きなんだ。

あとがき

こんにちは。ケンノジです。

シリーズ七巻を迎えました。今巻はいわゆる文化祭編です。

ずいぶん前から作中でやっていた映画が文化祭でようやく公開となりました。映画やるって決めたのって二巻なんですよね。

二巻はＢＢＱに行ったり伏見が芝居の勉強をしていたことがわかったり、主人公の諒がやることを探していた頃で、ずいぶん前のような気がします。

二巻刊行自体は二〇二〇年の八月ですが、書いたのは二〇一九年の秋頃だったように記憶しています。当時はまだＷＥＢで連載をしていたので、刊行よりずいぶん前に書き終えていました。それがもう三年も前。そりゃずいぶん前に感じるわけだ。


話は変わりますが新作ラブコメがスニーカー文庫様より発売中です。

「ある日、秘密《ステータス》が見えるようになった俺の学園ラブコメ」という作品です。

タイトル通りです。ただ、本作と違い最初から主人公がヒロインのことを認識しているタイプの直球ラブコメで、ステータスが見えるという要素があるので、ただの直球ではないです。

直球の速さで曲がりますのでこれはもうカットボールラブコメです（?・）。後悔はさせませんので、気になった方は是非読んでみてください。

今回もフライ先生にイラストをご担当いただきましたが、表紙イラストや口絵、挿絵もクオリティが高く作品の良さを何倍も引き出していただきました。お忙しい中いつも本当にありがとうございます。

また、担当編集者様をはじめ、制作関係者様、販売関係者様には大変お世話になっております。いつもありがとうございます。

二巻あたりから広げたり、上手く広げられなかったりした風呂敷を畳む準備に入りました。シリーズの佳境をいよいよ迎えます。

次もお付き合いいただけると嬉しいです。

ケンノジ

姫奈と諒のすれ違いも解消され、
ついにふたりの道を歩みだす……。

幼馴染との
甘い恋物語、
最終巻。

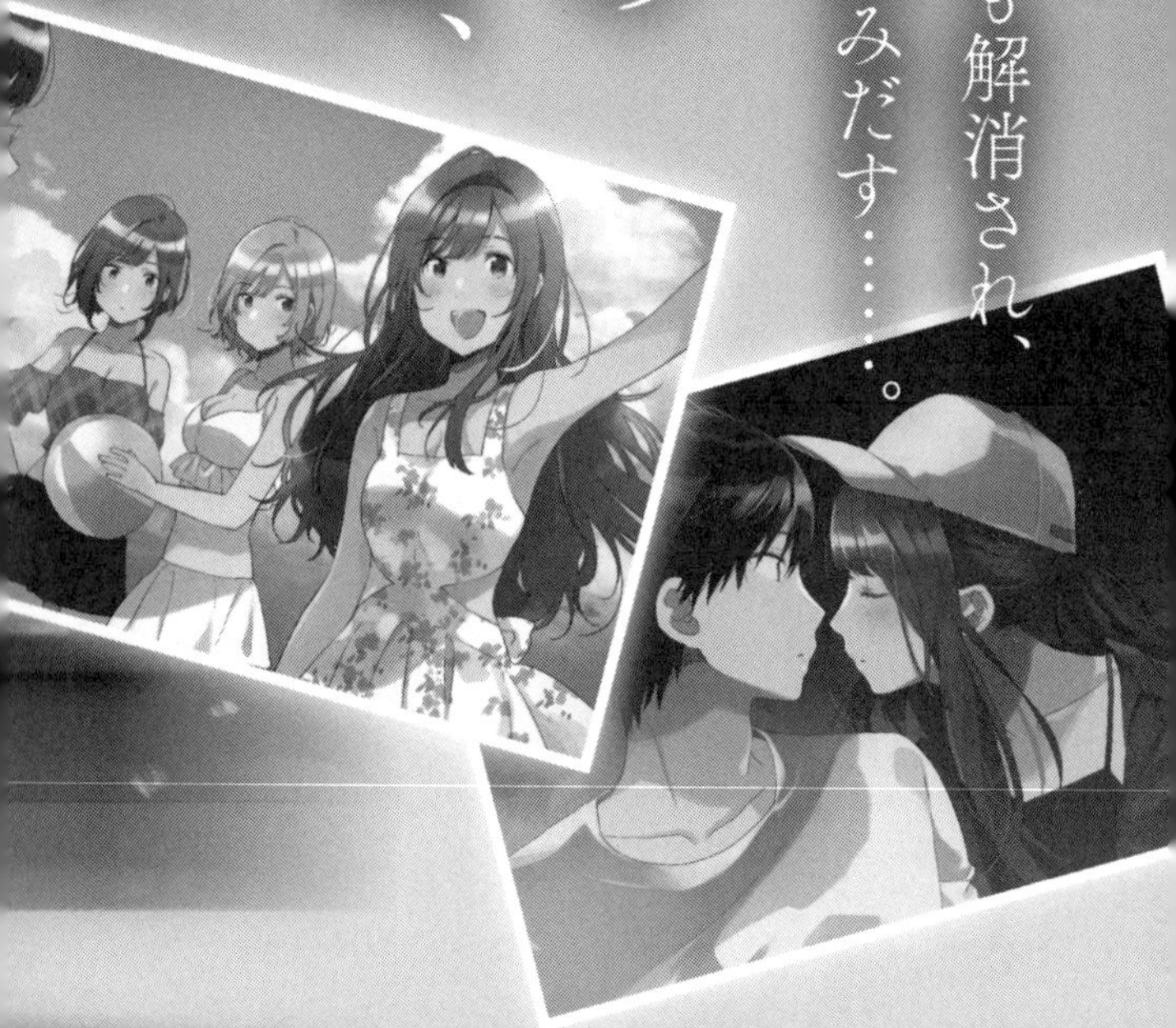

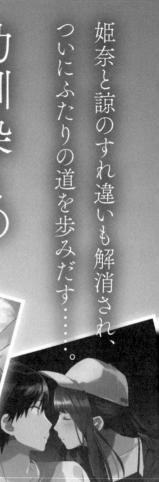

『痴漢されそうになっている
S級美少女を助けたら
隣の席の幼馴染だった8』
2023年春頃発売予定!!

ファンレター、作品の
ご感想をお待ちしています

〈あて先〉

〒106－0032
東京都港区六本木2－4－5
SBクリエイティブ（株）
GA文庫編集部 気付

「ケンノジ先生」係
「フライ先生」係

本書に関するご意見・ご感想は
右の QR コードよりお寄せください。

※アクセスの際や登録時に発生する通信費等はご負担ください。

https://ga.sbcr.jp/

痴漢《ちかん》されそうになっている
S級美少女《エスきゅうびしょうじょ》を助《たす》けたら
隣《となり》の席《せき》の幼馴染《おさななじみ》だった 7

発　行　　2022年10月31日　初版第一刷発行
著　者　　ケンノジ
発行人　　小川　淳

発行所　　SBクリエイティブ株式会社
〒106−0032
東京都港区六本木2−4−5
電話　03−5549−1201
03−5549−1167(編集)

装　丁　　木村デザイン・ラボ

印刷・製本　中央精版印刷株式会社

ISBN978-4-8156-1532-1
Printed in Japan
GA 文庫

試読版は
こちら!

女同士とかありえないでしょと言い張る女の子を、百日間で徹底的に落とす百合のお話6

著：みかみてれん　画：緜

GA文庫

「あたし、絢《あや》と付き合ってるから」

　鞠佳《まりか》のカミングアウトは、校内に少なからず波紋《はもん》を巻き起こしていた。微妙《びみょう》な空気に包まれる中、鞠佳は自身の平和な日常を守るため動き出す。

　友達や後輩の応援を受け、全てはうまくいくかのように思えた。だが、

「なんかいい話風にまとめてるけど、ぜんっぜん意味わかんないなー」

　状況をひっくり返したのは、玲奈《れいな》。「──どうして、あんたが」

　鞠佳を追い込む玲奈は、不可解《ふかかい》な条件を一方的に突きつけてくる。

　果たして鞠佳は自分と絢の楽園を取り戻すことができるのか……!?

「ぜんぶ終わったら一発殴《なぐ》らせろ」「いーよ。ただし顔以外ね♥」

試読版は
こちら!